关中吟

秦舟◎著

黄河出版传媒集团
宁夏人民出版社

图书在版编目（CIP）数据

关中吟／秦舟著. —银川：宁夏人民出版社，2016.11
ISBN 978-7-227-06504-3

Ⅰ.①关… Ⅱ.①秦… Ⅲ.①诗集—中国—当代 Ⅳ.①I227

中国版本图书馆CIP数据核字（2016）第273527号

关中吟 秦舟 著

责任编辑 陈 浪
装帧设计 朱振涛
责任印制 肖 艳

黄河出版传媒集团
宁夏人民出版社 出版发行

出 版 人 王杨宝
地 址 宁夏银川市北京东路139号出版大厦（750001）
网 址 http://www.nxpph.com http://www.yrpubm.com
网上书店 http://shop126547358.taobao.com http://www.hh-book.com
电子信箱 nxrmcbs@126.com renminshe@yrpubm.com
邮购电话 0951-5019391 5052104
经 销 全国新华书店
印刷装订 宝鸡日报印务有限公司
印刷委托书号 （宁）0003371

开本 889 mm×1194 mm 1/32
印张 7 字数 155千字
版次 2017年1月第1版
印次 2017年1月第1次印刷
书号 ISBN 978-7-227-06504-3/I·1699

定价 30.00元

我爱这土地（代自序）

“为什么我的眼里常含泪水？/因为我对这土地爱得深沉……”这是著名诗人艾青《我爱这土地》诗歌的结尾，它深刻地揭示了作者对“这块生我养我的土地”的眷念。同样，我自小就出生在炎帝故里——西秦宝鸡。四十多年来，我一直生活和成长在这里，对这片土地一样有着深切的爱。

我出生在石鼓镇的一个小山村，她是秦岭山脉向北的延续。山川、丘陵地貌一直延伸到穿城而过的渭河边上。我所出生的小山村就在秦岭余脉的最南端，开门可以看到巍巍秦岭。可以说我的童年、少年都是在这里度过的。这里的一山一水、一草一木对我有着特殊的意义。在我的童年里，母亲每天含辛茹苦地在这片土地上劳作，我就在这些田间地头玩土圪垯、捉小蝴蝶。到了我的少年，上学之余，狗娃滩、支锅石、磨刀石、唐沟等一个个地方就是我打柴放牛的地方。那个年代，父亲在城里一家国企上班，关于城市的概念就是清姜河西岸的三个大烟囱。那时，我就站在马头坡的半山腰看这三个大烟囱，一看就是十多分钟或半个多小时，有时也会看着看着躺在山坡上晒太阳打瞌睡；有时也会在山上采野菜、挖药材，蕨菜、鸡娃菜、柴胡、猪苓、玄参都是我们的最佳选择。到了快进城的两三年，我还会到更远一些的深山老林里割扫帚、砍木头……

1986年，由于母亲的病故，我成了距离老家十多公里外的城里人。从此，我的生活发生了彻头彻尾的变化。三年之后，我由一个学生变成一名工人，农村离我越来越远；但是老家的一点一滴却在我的心中根深蒂固。

大约是上世纪80年代末，我开始迷上了缪斯。那是我参加工作的第二年，我的初中同学冯天林在宝鸡的一所中学读高中，他经常拿一些诗集、文学概论、诗歌漫谈给我看，现在放在我书柜里的《泰戈尔诗选》《新诗漫谈》就是那时他送给我的。那几年，席慕蓉热、汪国真热是朦胧诗、先锋诗之后最为引人关注的。在学校和工厂，中学生、小青年将席慕蓉、汪国真的诗相互传抄。我刚刚参加工作也算是"有钱人"了，就经常光顾新华书店和一些旧书摊，席慕蓉的《无怨青春》《七里香》就是那时候买的。1991年夏，我去北京出差，《年轻的潮》是我购买的第三本诗集。这三本诗集是我最早接触的流行诗。从那以后，我也开始照猫画虎写起了诗歌，并在诗歌的王国里如痴如醉。

也是在那一年，1991年春，我参加了在金台区文化馆举办的文学讲习班。商子秦、渭水、马怀白、赵德利、闫建滨、李广汉、黎军、李涛等成了我的老师。在以后的岁月里，我得到商子秦、马怀白的鼎力支持和无私帮助。那年的岁末，全国各地的民间诗歌报刊如雨后春笋般纷纷创刊，受马怀白老师经常送我一些民间诗报的启示，我也不知天高地厚地办起了《黄土诗报》。这份凝结着我汗水和心血的诗报只办了两年，出版了四期就终刊了，但是它让我认识了宝鸡以及宝鸡以外的更大空间，认识了当时已经在陕西书画界颇有影响的书画家王尊农，漫画家赵炜，书法家宋志贤、晏道生，篆刻家张宝文，认识了当时还在太白县读高中的马召平、在太白县文化馆工作的宝鸡诗坛新锐白麟以及这些年依然驰骋于中国诗坛的周瑟瑟、祁人、赖廷阶、张脉峰、卜一、东方浩、冷克明等人。

1992年4月的一个晚上，我去金台区文化馆为将要出版的《黄土诗报》第2期组稿，在我骑单车回宿舍的路上，大雨倾盆，我被一辆自南向北行驶的出租车碰伤昏迷，等我醒过来已经是第三天。在这之后的七八年时光里，我对诗歌的酷爱有增无减，对真善美的追求依然如故。

2000 年 3 月，我的第一本诗集《错觉》在王尊农、赵炜、商子秦、马怀白、李逢春等老师及马召平、白麟等好友的关心和支持下出版了。6 月 3 日，这部诗集研讨会顺利召开。就在这次研讨会上，那时还在宝鸡文理学院中文系执教的陕西省作家红柯就说“错觉是最正确的感觉”。作家赵熙，诗人朱文杰，诗人、书法家王维亚，青年诗人王琪就是在那次研讨会上与我初次相识的。那年 8 月，我和那时已经在宝鸡日报社工作的白麟、在宝鸡电视台工作的马召平在一次吃饭中谈到了诗歌，谈到了诗歌自救。这样，《阵地》诗报就在这一年的国庆节前夕创刊了。这份散发着墨香的诗报让我们真正地把拳头握在了一起，从此，我们为诗歌鼓，为诗歌呼，为生我养我的西秦故土摇旗呐喊，为自己珍爱的文学日夜兼程。这次的联手也让我们在以后的人生旅途中将友谊的翅膀展向更为广阔的天空。

到了 2010 年 6 月，我的第二本诗集《在地平线上》由西北大学出版社出版。从那以后，王若冰、黄海、冯楚、颜梅玖成为我钦佩的宝鸡以外的老师和朋友，他们的为人和诗作一直是我学习的楷模。

这些年，在诗歌的道路上我一直踉踉跄跄，但对陕西和诗歌的热爱使我愈加强烈。宝鸡三区九县都有我的足迹。在这些足迹的后面，我的文字和书写使我日益充实，西山采风、千阳访贤、太白山诗会、吴山笔会、黄柏塬 · 陕西诗会、人文神木 · 陕西诗会、诗意宁陕 · 秦岭笔会、陕西青年文学协会换届暨淳化笔会、鲁迅文学院陕西中青年作家研修班、两岸四地文化交流等一个个活动都有我的影子；《西秦新星诗萃》《宝鸡年鉴 2001 年卷》《宝鸡文学 60 年 · 诗歌卷》《陕西诗选2001—2010》《陕西青年文学选·诗歌卷》(2011年)、《陕西文学年选·诗歌卷》(2013年、2014年)、《2014中国诗歌排行榜》……这些选集之中都有我的分行文字。当然，这些成绩的取得是与各位老师和朋友的关心鼓励分不开的，与我的家人的支持分不开的，更是与西秦这片故土分不开的。

还是用著名诗人艾青的诗《我爱这土地》作为这篇短文的结尾吧：因为，我爱这土地！

假如我是一只鸟，
我也应该用嘶哑的喉咙歌唱：
这被暴风雨所打击着的土地，
这永远汹涌着我们的悲愤的河流，
这无止息地吹刮着的激怒的风，
和那来自林间的无比温柔的黎明……
——然后我死了，
连羽毛也腐烂在土地里面。
为什么我的眼里常含泪水？
因为我对这土地爱得深沉……

2016年4月

目录

第一辑　陈仓吟

第二辑　秦岭及其他

第三辑　在低处

第四辑　小我或大我

第一辑

陈仓吟

西虢国，丝绸之路上的驿站

驼铃声声，马蹄声碎
夹杂着各地方言——
匈奴之音，大唐之气，帕米尔和中亚之韵
今夜，他们就在虢国小憩

温壶热酒吧，丝绸在此开始演变
煮杯浓茶吧，珍珠向我们款款而来
还有棉花、羊毛、钻石、瓷器、纸张
这些来来去去的物件

我们的虢国故土啊
古长安西行的第一站
过了秦川就是陇山，过了陇山就是河西
茫茫四野，迎来送往的不全是黄金白银
崇德尚礼、和谐包容、闻鸡起舞的宝鸡精神
在那时已经开始生根发芽

虢国，我是你的子民
我的先祖每天迎来骆驼送走马匹
在他们身后，异域的风情
在此长期安营扎寨

秦岭之巅，我脚踩两只船

在秦岭之巅，我脚踩两只船
一只叫渭滨，她是我的故乡
一只叫凤县，云彩之南，羌人故里
她们都是我的家乡

站在北侧，我是北方
学着北方人的豪爽、坦诚、大气
学着北方汉子驰骋疆场的铮铮铁骨
而另一侧，我又是南方
我饮长江水，“滚滚长江东逝水”
我与她们一起走进美丽、端庄
走进“小鸟依人”
走进小花、小草笑眯眯的细节

在秦岭之巅，我脚踩两只船
一只在北，一只在南
我看着两边，“面朝大海，春暖花开”
森林之海，花草之海，群山之海
沟壑之海，鸟雀之海
绿油油，金灿灿，红艳艳

在青铜器博物院（之一）

我以为那是一个火红的年代
熔炼，锻打，马蹄声碎
热火朝天

一转眼就是两千年
在时光的隧道，我走进商
然后是周，走进秦岭北麓
渭水滚滚而下的广阔天地
我看到马，一匹匹茁壮成长
顺着水流的方向一直向东
后来就是大秦帝国
让盘踞六方的诸侯俯首称臣

在青铜器博物院，我看到的不仅仅是这些
青铜的气息，在那个年代
我看到火红，看到放牧
尚礼、农耕和战争
看到马匹飞驰而过的大地
历史留下的足迹

这些，我都不用去管
那些都是他们的事

我只说商、周、秦
在这个博物院里飞腾

在青铜器博物院（之二）

沉默，其实比什么都重要

一千年、两千年或者更长的时间
不需要喧哗，也无须镁光灯的照耀

而使用这些器皿的人
什么都没有留下
骨头，衣裳，马匹

我只看到了这些
他们走过的路，最终
都回到了这座宽敞的房子里

在陵塬

穿越时空隧道
我们走进一千年前的唐朝
在大唐边上，我们是一对夫妻
在塬边漫步，种田，喂鸡，养牛
吟诗作画，自给自足
过田园生活

那时，我不用知道秦王李茂贞的发家史
也没有必要清楚他和夫人的丰功伟绩
镇压黄巢起义，做凤翔知府
这些与我们无关
我们只过我们的生活

仰望天空，蔚蓝一片
平视东方，刚刚升起的太阳金光大道
呼吸秦岭新鲜空气，我们倍感温馨
痛饮渭河之水，我们甘甜清冽
对着一只只自由飞翔的喜鹊
我说，惬意，惬意！

在周原文物挖掘现场

人来人往，车马劳顿
当我们站在这儿，就来到了西周
人们忙碌地种地、经商、铸剑
我走了走就是两千多年

陶罐、骨头、铜片
一下就是五六米多深
我被一个个散发着泥土味的物件吸引
它们惊艳、乖巧、散发古韵
它们将我们引入大周的城郭

我还被一个个探宝人折服
风吹着她们的长发，吹着她们的青春
她们累了，就坐下来小憩

麦苗青青，西风猎猎
在劳作中与历史一起展现

六营村

他们从历史的尘烟中来
宋或者元
他们有着铮铮铁骨
有着刀光剑影
在这里他们住下来
长久历练，侠骨柔肠

他们已经与这里的土世代为伍
黄土埋忠骨，黄土也长食粮
黄土成为他们手中的技艺
生肖马、生肖羊、生肖牛、生肖兔……
十二生肖在他们的手中走遍全国
在国家政要的镁光灯中一次次闪耀
在联合国教科文组织中有着自己的位置

他们从生活中来最终回归到生活中去
他们从来不是阳春白雪
不是达官贵人
这些普普通通的乡下人
都是我们的朋友

六营村，人们一个个来了
又一个个地走了

宝鸡，一双眼睛始终睁着

八百里秦川西端的陈仓，并没有尘土飞扬
麦浪金黄金黄地铺就着
还有《诗经》、宗教、古艺术

墨绿墨绿的西秦岭哟
我不说她把中国一分为二

宝鸡，一双眼睛一直睁着
站在历史的点上
青铜
古墓
西周
叙述着她的来路

而另一只眼睛盯着文明
西部桥头堡，欧亚大陆桥，关天副中心
丝绸大驿站
高铁，国道，高速公路
将宝鸡人的双眸一次次引向远方
又将外地人的视角一遍遍拉了回来

看佛指舍利缓缓落下

钟一下一下地敲
经文不紧不慢地诵
至高无上的舍利
缓缓而下

我们这些虔诚的弟子
双手合十
感受佛光普照

有的我们默不作声
有的我们心中祈福
有的我们什么也不去想

看着佛指舍利缓缓落下
我们在了却自己的一桩心愿

一首诗里的金台观

在这儿，它一直站着
渭水之滨，秦岭之北
我写或者不写，它一样巍峨

金台观，张三丰修道的地方
一个英姿勃发的少年
一个挥斥方遒的青年
一个叱咤风云的中年

一首诗里的金台观
正威武地站在我的面前
传播道义，八卦修行，阴阳乾坤
一百年，五百年，八百年，或者上千年
听滔滔渭水，视巍巍秦岭
马蹄声碎，麦浪滚滚，鸟雀呢喃
它一直目视着八百里或者八百里以外的广袤大地

一首诗里的金台观
它到底能透露些什么呢？

金阁流霞，依旧壮怀激烈
千年古柏，依旧翠绿中天

岁月，风雨，雷电

伟大或者渺小
在阵阵苍茫中，依然以自己
——一名思想者的身份
招募着四方宾客

而我这首可有可无的诗
并不能表达道观的风骨

金台观下
写下一首诗里的金台观
春风吹过已是炎阳
丰收过后就是冬雪

只有苍柏、流霞、云彩、钟声
一群群或多或少的朝圣者
口中呢喃着
被铁骨铮铮的道观
送之东西，安之南北

在八渡

夕阳呼啦啦地照
河水欢快地唱，还有小树
麦苗拔节的声音，山花怒放的声音
牛儿 羊儿西归的身影

那时我正好到达这里
顺便把自己的小事放下
把尺寸和数字，工厂的小小烦恼放下
放下城市里的污染，思想中的杂碎
工作之中和工作之外的不愉快

在八渡，我只想做一只自由的鸟
我把窝放心地搭在树枝上，离地二十米
可以让自己长出黑白分明的羽毛
不管是谁家有好事了，我就快乐地去叫
哪怕东家的鸡下了蛋西家的牛生了崽
抑或谁家的闺女从遥远的地方归来
那时我只在他家的房前屋后
告诉他们这一件件令人振奋的消息

在八渡，我只做一只花喜鹊
饮着甘洌的溪水，闻着清新的泥土气息
唱着快乐的歌，日日夜夜
守着我那一窝羽毛未丰的小喜鹊

无名河

他抓鱼
她洗衣
他们做小游戏

他们看到河床慢慢干了
长出小草，开出野花
还有花花绿绿的废弃物

他说，我来了
河比他老得更快

现在，那条河上盖起了各种小工厂
化工厂、酱油厂、铸造厂、酒精厂
味精厂、炼油厂、机械加工厂……
五颜六色
散发着刺鼻的臭味

在渭滨区爱心居家服务中心

——兼致李谦先生

这是一个不大的空间
但它装着整个市区。马路，楼房和商场
我看到老人们聊天、下棋、晒太阳
他们走过的街道、楼盘
灯光在一闪一闪地表明他们的存在

这是一个非官方的服务机构
他让痴呆、孤寡、无人照顾的老人
有了新的希望！

他们就是老人的轮椅和拐杖！
让那些即将走向尽头的路
继续向前延伸——

这是一个来自汉中的汉子为老人们搭建的平台
他经过拜将台、饮马池、张良庙、大秦岭
来到关中西部
把温暖、安逸、感动、奉献
洒在渭水之滨
他让我真真切切地看到了一位位智障老人
从不知归路的小道上
走回了家

苦艾

苦艾，散发着沁人的芳香
蟋蟀从它的枝条上爬过来
叫声，让空旷的四野
回归朴素和温馨

这位默默无闻的乡间女子啊
正直、善良、清白、不枝不蔓
在我的记忆中
与牛羊为邻，与大地为伍
与屈子，这位为国为民请命的士大夫
形影相随

苦艾，在我的身旁行走
广阔的原野
蟋蟀的鸣叫，布谷的声音催人奋进
不远处，隐隐灯火
与空中闪烁的星星相映成趣

它们是否在诉说着什么呢?

蚊子、邪气，或者
走向灵魂深处的生命之光

桃花源即景

农夫在绿油油的山间劳作
河水从他的身边缓缓而下
鸟儿的叫声，蝉儿的啼鸣，羊儿的欢唱
似天籁传来的琴

他说，他不是陶潜
他只是一个老实巴交的农民
他不下流，不做作，不伤风败俗
更不屑泼妇发自歇斯底里的叫骂

十一月，在吴山

一棵树，开始脱去辉煌的外衣
一座山，依次露出本来的容颜
一群牛羊，站在乡亲们的房前房后
反刍流失的岁月

周围，千亩毛栗林完全进入慵懒的睡眠
这些小小的细节
我要告诉所有的兄弟
吴山：五岳西镇辽阔的大地
已经进入长长的睡眠

凤州古镇

秋风轻轻地吹
凤州古镇像路边的树叶
慢慢发黄变枯
带着某种隐隐的疼痛

一个年逾四十的哑巴
哇哇哇地叫着，像是给我打招呼
沧桑的脸上布满深深的皱纹
他的母亲仍然健在
粗糙的手上捧着金灿灿的玉米
一粒粒的金黄从指缝间纷纷落下
那一丁点喜悦的心情，只有
古庙顶上的花喜鹊知道
它们叽叽喳喳的叫声
让我这个来自秦岭北麓的游客
看到了古镇跳动的心脏

中午，卖豆腐者的叫卖声
从百米以外的街道上传来
我想，那定是
凤州古镇鲜活的灵魂

千渭之会

据史料记载，千渭之会也称白鼻城，位于陕西省宝鸡市陈仓区魏家崖村，历史上为西北重镇，历来都是兵家必争之地。

千渭之会，被碧绿泛青了眼
一望无垠地向天际扩展
南，若不是巍巍秦岭阻隔
还真有绿遍大江南北的气势

今天，秋高气爽的秋天
我站在这里，千渭之会
一座生长了两千年的城
静如处子，靓如淑女
怎么也不能将她与历史联系起来

周秦汉魏，唐宋元明
嘚嘚马蹄，阵阵嘶鸣
或者汹涌的渭河之水
烈烈的西楚之火燃成完颜大金
使上百个白鼻城不断更换容颜
使上千个帝王将相生死未卜
使上万个黎民百姓音讯全无

千渭之会

现在静静地躺在我的脚下
像战死的英雄于民国之初
彻底改变了自己的命运
纯粹地、单一地、深邃地
被南来北往的过客，将它
和与它一起出名的石鼓
传向四面八方

东湖

很多年前我的鞋子来过
我走了，脚印消失
但是柳还在，纤细，妩媚

我看到过风铃，在亭台之上
它向我打招呼，向岁月
诉沧桑

多年之后，我再次来到这里
东坡的影子还在，判官的笔迹犹存
只是这年月，来去的人
不完全都是达官贵人
他们之中，就像我
这些职位卑微的小公民
如蚂蚁一样，茶余饭后
来这里漫步、听声、对弈
看林则徐的柳在湖中摇曳

泥塑

——看卫红指泥塑展

捏一个媒婆
我会想到自己漂亮的妻子
羞羞答答走来
捏一对门神放在门口
不用锁也可以安心地过好日子
捏一个农人、一把犁
就能看到五谷丰登、六畜兴旺

捏一个卖艺的老人
活生生的辛酸史一幕幕上演

我是在春意未到的正月
被你的泥塑邀来的
那清香纯朴的泥腥味
至今让我记得自己还是个农人

铺天盖地的槐花开了

铺天盖地的蜜蜂来了
槐花就开了
满山坡的嗡嗡声
满山坡的舞蹈声

今年，我不采花
我只看花，看蜜蜂舞蹈
看燕子呢喃
我把甜美留在心灵深处
把舞蹈留在第一第二第六第七感觉上

槐花铺天盖地地开了
人们四面八方地来
这是大自然的和谐之音
这是炎帝故里的时空天籁

我把他们记下
一群又一群的姑娘走了
一群又一群的小伙子来

我只愿把自己融进去
把一群又一群的姑娘小伙融进去
还有一个又一个的小家庭
一只只舞蹈的黄鹂
在漫山遍野的槐花里暗香

我抱住了大树的腰

我顺着绿色，顺着生命
轻轻地走上去
我抱住了大树的腰

我用我的年轮和它说话
我用我的真诚与它交流
我说这些年，快乐过，痛苦过，忧郁过
我在工厂放牧，与熔炉对话
与游标卡尺、高度尺、直角尺，斤斤计较
它们不说我细心，不说我认真，不说企业的生命
它们只说这些都是小事不必挂齿

我抱住了大树的腰
就抱住了绿色和环保
抱住了可以濯我缨的溪水
抱住了草们、花们、鱼们和鸟们

我抱住了大树的腰
就抱住了一种温馨、可敬、欣欣向荣
我抱住了大树的腰
就等于抱住了我要行走的枝干和道路

太阳从树梢的缝隙里钻出来

在《诗经》的森林里
我看到太阳从树梢的缝隙里钻出来
它惊动了鸟雀，惊动了昆虫，惊动了
奔跑的麋鹿、吃草的羚羊

太阳从树梢的缝隙里钻出来
我看到细鳞鲑的快乐了
它们一群一群地跑着，影子映在石头上
映在树叶上，映在细碎的沙石上
映在飞流直下的浪涛上

太阳从树梢的缝隙里钻出来
我看到谁家的女子在濯缨
她的长发飘逸得飞起来
我说，她就是仙子
她的幸福无人可及

太阳从树梢的缝隙里钻出来
我站在太白山的原始森林里
傥骆古道从此穿过
我隐隐看到送荔枝的飞马
从此疾行

满山的马奶子

满山的马奶子，腥红着，一粒粒
像燃烧的小灯笼
照耀着多少回家的路

那是在秦岭山中
我们都被这些尤物照着
我们凝视、对望
想着这满山遍野的小果子
它们呼吸着山的灵气，听着水的韵律
它们的一生与我们有什么不同

马奶子，这些挂满树梢的小灯笼
你在奢望什么呢
深秋啊！多么像人已经到了中年
回望那些逝去的岁月
多少人能像这些腥红的小豆豆
给人留下些许惊艳

它们

它们可以摇摇尾巴
可以妩媚，可以叫上几声
伸出舌头，做出亲切状
它们都是一个战壕里的游离者

它们用树梢把自己遮蔽起来
让阴影搭成凉棚
它们没有看到阳光就暗了下来

它们仅仅在地平线上
不一定能看到银河、看到星星
它们根本没有想到旭日东升

它们仅仅站在那儿
地平线上，它们是些浮草朽木
杂七杂八的漂浮物
它们是堤坝上悬而未决的游丝

被水冲走，撞击桥墩
它们和砂石、泥土一起被冲到岸边
它们都是一些令人可惜的牺牲品

羊

草无忧无虑地长
整个平原似乎只有它知道

它是一只正在吃草的羊
却不知一道强光在无止境地逼近

苍穹之下，它们都在慢慢地走
羊的脚步，光的倒影

黄昏之后，天暗了下来
谁在等待着下一个黎明

十月一，距离母亲最近

十月一，雨已经下了好几场
秋风扫落叶，一阵紧似一阵
冷一步步走来
我们瑟瑟发抖

母亲，这时候距离我们最近
平行，交叉，白天或者晚上
一个四十多岁的儿子，一个不足四十岁的母亲
两个世界，我们是母子
是一次比一次钻心的痛

十月一，我烧纸钱烧衣服烧布匹
烧棉被烧纸鞋烧股票

荒草爬上我的眼帘
败叶站在你的头顶
我用手拔，用镰割
土是故土，我一锨一锨地添
心里话一句一句地诉

秋风瑟，我迎着雨与你靠近
枯叶急，飘过我的头顶
落入你的怀中

楼房夹缝里生长的麦苗

这是一株农转非的麦苗
生长在楼房的夹缝
阳光照过来，它绿着
雨水洒过来，它饮着
没人搭理，它仍旧长着
像我多年前的伙伴
在城市的夹缝里生活

夹缝里生长的麦苗任凭风吹
任凭雨淋，它知道自己的命运
没人松土，没人施肥
它们呼吸着城市里的霾
认命着自己的命
它们长出的一颗颗麦粒
吸天地之灵气，汇日月之精华

夹缝里生长的麦苗
是一个个汗流浃背的农民工
热闹却孤独着

小年

土地、灶神，都复命述职去了
带着追魃、盘缠
我们这些不是人物的人物
东家长，西家短
左邻右舍
你晾晾工资，我晒晒奖金

差距怎么就这么大呀？

只有襁褓中的小孩
是自在的
该哭的时候哭，该笑的时候笑

（注：追魃，一种用面粉蒸做的食物，像老鼠。传说土地、灶神述职复命之后由它们暂管家中安全。）

二月，我的春天已经提前到来

我的夜空，挂满星斗
我的白昼，阳光灿烂
我的燕子已经开始回归
我的小草开始发芽
它们的绿，染遍我的山野
它们歌唱，欢欣鼓舞

二月，我的春天已经提前到来
首先，我的冰雪大面积融化
我的小河，流水哗哗
我的鸭鹅，做着水的游戏
我的牛羊，走出圈舍
满面春风

当然，我允许
我的南极洲冰雪永不消融
我的北冰洋白雪皑皑
我的中东战火纷飞
我的世界纷呈各异

二月，我的春天已经提前到来
无论我的北方抑或南方
烟花、色彩或者碧绿
已经染满我的眼睛

春天

现在距惊蛰还远
鞭炮声声，彩灯艳艳
春天就已经迫不及待地来了
先是风筝兴高采烈地冲上天空
燕子样的，带来南方的风情
蜈蚣样的，让你想到生活中一个又一个环节
蜜一样地甜，花一样地美，酒一样地醇
然后是河，显出了久违的生机
它们开始跑动起来了
鱼的跑动，鸭的跑动，波光的跑动
之后就是人的跑动

春天是从女子的衣裳开始的
有绿色、红色、黄色，有一些色彩各异的小花
她们走上山坡、平地，把这一宗宗倩影
无限扩大、增多。它们被囊进相机
之后 QQ 空间、新浪博客、微信
让你看得眼花缭乱，让你在惊叫中
换下厚厚的冬装，走入久违的田野

春天是从田野的形形色色开始的
父母领着孩子，退休的老者，各种自乐班
中小学生，他们在不经意间，向你说出
春天真的来了

喊叫水

喜鹊叫了几声
他没有动，只是默默地望着天空
在他的大脑里，只有三个字：
“喊叫水”——这是他的家乡
生活了一代又一代
他知道这水是留不住的
一场又一场的雨落下来
就顺着陡坡流走了
像那些二三十岁的年轻人
一拨又一拨去了城里或者更远的地方

他的房屋也是旧的。几处干裂
因为缺水，他的地窖几乎干枯
像两年前网络里的西南
让一尾尾鱼变成化石
变成琥珀

他知道，想这些都是多余的
水，才是真正的好东西
“喊叫水”“喊叫水”，一代又一代地叫过来
只是朝思暮想的水很少垂青这里

他在睡梦中喊叫水，零零星星
水从他的头顶落下来。一滴

慢慢地，又是一滴
让他的嘴唇微微地动了一下
又轻轻合上

正月初九，大雪

这是雨水的节气，与先祖们的命名多么相似
大雪纷飞，好一个北国风光！
与西府人的心境多么相近
这一整个冬天的旱，需要多少雪去覆盖
麦苗，油菜，树木，草坪，人心
这些如饥似渴的好兄弟
它们再不能这么干渴下去了

李老头简直要疯了
他把手臂伸向天空
这些飘飘落落的亲们一片片落下来
落在他的身上，落在他的脸上
他没有一丝的冷。他在心里默默地说
下！下！下！
之后，水从他的脸颊上落下来
和泪搅在了一起

正月初九，这个蛇年第九个白昼
大大的雪从空中纷纷落下，一毫米，一毫米
在丈量着人们的心情

法桐

我注意到了，这些来自国外的家伙
趾高气扬地当起中国的主人
它们长在工厂，长在城市的街道旁
长在纵横交错的人行道上
和柳树比起了腰肢，和国槐比起了个子
和女贞杜仲比起了伸向四面八方的手
它们和松树比起谁才是真正的护花使者

法桐，在我的记忆中
乔木，蔷薇目，悬铃木科，
一球，二球，三球
我把它们叫作彼特、凯伦和汤姆

一个树桩

一个树桩就是一个七八十岁的老人
在人生的路上，走着走着
就蹲了下来。他要休息，积攒能量
他在做着一个长长的梦
从自己的少年、青年到壮年
把许多个小片段像电视剧一样
一集一集地播

有时，一个树桩就是悲壮的恶作剧
演播着演播着突然就戛然停下

它要做些什么呢？

芦苇

——兼致诗人梁亚军

这满渭河的芦苇
我知道它们都是苦命人
没人理睬，不被重视
不像飘飘欲仙的红叶
不像儿孙满堂的玉米
更不像苹果树、银杏树、枇杷树、花椒树
但是它们一样都是田野的儿子

芦苇，只有水鸟飞累了进去歇歇脚
野鸡、野鸭没事了孵孵卵
蚂蚱、蛐蛐快乐了串串门
这些城市或者农村的摇曳者
根本不被人们关注

芦苇也是我认识的一个朋友
他用真情写诗，在他居住的小镇
根本不被人重视
他写父亲，写母亲，写姐姐，写伙伴
写他赖以生存的家乡
写他被感动了的人和事

但这个世界是微弱的
所以他和芦苇一样
在渭河滩上默默成长

诗歌事件

——有感于为诗人梁亚军捐款做人工耳蜗活动

我承认，写下这件事有些矫情
但花束的力量是无穷的
从十一月到次年三月，四个月的时间
它一直在开，西府、三秦、中国
它开出的是一朵朵诗歌之花
开出的是一朵朵仁爱之花
有的一次，有的两次，集聚起来
就是一双听得见声音的耳朵
一个个让我们无以感激的话语

他们叫年轻的爱，有正在发芽的小草
有正在吐露的花蕾，有一棵棵正在成长的树
如果你在西秦，就可以闻到仁爱的味道
他们是何等的沁人心脾

他们多像一只只小小的蜜蜂
要将蜜尽量吐出来
（有的也在带动旁边的蜂）
让一个双耳失聪的青年
尝到了甜的味道

爱心，我写下这个词，放开去

就是亚军，就是岐山，就是宝鸡
就是一个汇集你们我们他们的力量
为善举托起语言的对话

小雨

——有感于民间文学活动

雨落下来
泥土的气息，大地的气息
滋润着小麦、玉米和大豆
滋润着燕子、黄鹂和喜鹊
雨让瘟疫这些无恶不作的家伙
早早退场

雨落下来，很多年
这些雨一直在零零星星地下
它们不同于中雨、大雨和暴雨
不同于大浪、狂雪和阴霾

雨让更多的人在旷野中奔跑
让一个个小小的生命往复

雨落下来，轻轻地
从空中轻轻地落下来

第二辑

秦岭及其他

黄柏塬写意

黄柏塬的清晨

谁是天空那颗闪亮的星星呢
清晨，我看到云雾慢慢升起
轻轻的风，刚好让天空红润
我听到久违的鸡已经打鸣

层林尽染，农舍，秋色
蛐蛐欢叫，间或
几声犬吠，掠过宽松的清晨

水声轻慢，天空淡淡的云
逐渐露出喜悦的脸
我想到，那些生长在山间的尤物
她们像环绕的森林，一样美丽
像缓缓而下的水，一样清晰
像漫山遍野的红叶，一样忠诚

清晨，在黄柏塬
我被山野包围
天空，那些即将淡去的星星
谁能想到她们正像我们
在美丽的秋天必须回归现实

大箭沟

正午的阳光暖暖地照着
滑水河波光粼粼
细鳞鲑无所事事
和平、和谐、和美、和和气气
一如远古

这些，只有河边的山知道
森林茂密着，枫叶绯红着
黄叶、树枝、毛栗林，各自慵懒着
石头是谁的朋友呢

远古或者今天
没有谁惊动它们
三国，魏晋嘚嘚马蹄已经走远
大唐官员的脚步销声匿迹

鱼们快乐着，树们快乐着，石头快乐着
小瀑布、贵妃潭、梅花弄
各自快乐着

我为什么不能成为黄柏塬的一片红叶

听着滑水河的吟诵
有着蛐蛐的陪伴
花喜鹊做了我的邻居
我有冬天皑皑的白雪，春天鲜芽的吐绿

夏天清爽的正午，秋天漫山红遍的森林

为什么我不能成为黄柏塬的一片红叶
我来自北方之城，一个车轮拥堵
物欲横流、斤斤计较的城市
我是农民的儿子，但在黄柏塬
这个安静的早晨，我为什么不能成为一片红叶

我看着院子三五成群的花喜鹊
自由觅食、欢唱
我看着云雾渐次上升，天空渐渐微红
我看着星星慢慢淡去，自然一下子清晰
我看着鸡们、牛们开始游荡

我说，这样的场景多好呀
为什么我不能成为一片红叶
我轻轻地说
对着山、对着水、对着山涧升起的云

他

他像松鼠在林中穿来穿去
松塔从树枝上落下来
砍刀的声音隐隐的，松油的清香淡淡的
他的心，喜滋滋
脸上浮出微微的红
他说，这是美丽的秋

这是美丽的秋

溪水在脚下缓缓地走
清爽，甘冽，自由自在
一饮而下，麦香的干粮
在黄柏塬的重山叠嶂中
他说，这是美丽的秋
松子的秋，药材的秋，林木的秋
让山涧绯红的秋

原始森林，我们都是好朋友

红桦林一片一片地引领着
苍柏翠松一棵棵从我身边走过
绿叶，这些朝思暮想的老伙计
走过一座山又是一座山
她们低碳，绿色，勃勃生机

我和她们都是好朋友
在太白山中，黄柏塬大森林
我不叫出声，鸟儿代表了我
流水的声音，红叶飘飞的声音
熊猫嬉戏的声音，细鳞鲑游弋的声音
金丝猴的机灵，羚牛的悠闲
手儿参、药王茶、山芋的阵阵清香
以及大箭沟的盛情，傥骆道的缤纷
谁能比得上这些山水丹青的朋友？

绿色、低碳、云淡、晨光、山居
顺河而下，在这里
我与山川和睦相处

沿着湑水河行走

黛绿尽染着山的容貌
枝繁叶茂的峰一座又一座
从河的两侧缓缓而来
如水，在那天，我也深入其中
做起了移动的帆

湑水河就这样走进我的经脉
我看到将军潭、将军树，威武的样子
他们不是曹爽就是姜维
两侧是浩浩荡荡的魏蜀大军
组成一座又一座的原始森林

傥骆道就在我们脚下
这条被历史封存了的古栈道
不知有谁还能记起那位倾国倾城的美人
一路南下，奔走扬州，东渡日本

而阡陌交通，农田交错，鱼鸭遍野的田园秋色
让我想起了陶潜，想起了桃花源中的父老兄弟
他们把日子过得红红火火

湑水河，默默无闻，波澜不惊，在秦岭深处
大地一样，和熊猫、羚牛、奇松异树一起
养育着红色的种子，皂角湾的传奇
以及一个个来自城市的游子情怀

渭水河

我把渭水河比作东南飞的孔雀
当然，我把河两边的山比作孔雀的翅膀
我看到孔雀开屏的样子极其的美
红、黄、蓝、绿，五颜六色
组成美丽的花园

我把渭水河比作南下的贵妃
她沿着河水的方向行走
傥骆道遗址有她清晰的脚印
高山、森林、滚滚的石头
有她阵阵的叹息

我把渭水河比作浩浩荡荡的队伍
在它的两侧，军歌嘹亮
彩旗猎猎，马蹄嘚嘚
厮杀震天然后风尘仆仆

我把渭水河比作行进中的路程
刺史、县令、知府
骑着大马坐着官轿
彩旗飘飘，一步步通向长安

渭水河，今天
我把它比作甘霖
河水清兮，我让自己的小，自己的丑
自己的低三下四，是是非非
消失殆尽

石鼓镇的心事

马头坡，遥远的静

写下这个地名，我的心就静了下来
那是一个遥远的地方，距今三十多年
我把自己的记忆留在了那里
坡的两侧是沟，沟的两侧仍然是坡
坡下，几十亩的薄田
小麦、玉米和大豆。大多数是一年一季的早玉米
亩产少得可怜，荒草和野兔，鹳和我
诗中多次开放的马兰花
坡上是树林、杂草和我的童年与少年
我把牛赶上山坡就晒太阳唱山歌打猪草
有时听着鸟叫憧憬着美好未来

现在我已经到了那时憧憬了多次的未来
三座粗大的烟囱成天喘着粗气
旁边有滚滚的浓烟直入云霄
有煤、汽车、火车和疾病
那时我数了又数的星星现在都成了街灯
一闪一闪，就是没有那时高
没有那时亮，没有那时远

现在我真的已经老了

马头坡，遥远的静
写下它们，已经三十多年
七八岁，十来岁，那时年少的光阴
我和记忆中的它们与他们
打猪草，放牛羊，看着遥远的大烟囱和不高的楼房
憧憬着什么才是美好的未来

锣巧湾的牵挂

我在后面跟着，两三颗玉米种子
被我播在了土里，前面是父亲和牛
这是一年里最辛苦的日子
收了小麦种玉米
那时我只有十几岁

之后我年年都去那儿
那些土纹丝不动
只是它们早已不是我的亲人了
这些年它慢慢地荒芜
野草、废弃的果树、爬行的动物
在肆意地践踏

但是每年我都要去那儿
我与它们需要做短暂的对话
我与一棵柏树一座坟有着切不断的情思
我想，这里也终将是我要回归的家

我的母亲在这儿坐拥天堂

年复一年我会在这儿诉说心事
草绿了又黄
柿子绿了又红
不会变换的是我日渐清晰的阵阵牵挂
无限延伸的是我勇往直前的路

坐在田埂上的母亲

坐在田埂上的母亲，是坐在
收割后的一堆麦秸上
汗水顺着她的双鬓流下来
她用手拭去汗水，然后拨开刘海
看了几眼一捆一捆的麦秸和即将收割的庄稼
又望了望遥远的远方

一阵风轻轻吹来
她似乎得到更大的满足

她拿起镰刀，用手试试刀刃
镰刀向站立的麦秸挥去，麦秸纷纷倒地
她更加充实

蝈蝈们在麦丛中一声高过一声
还有蝉，这些田野里的歌唱家
把夏天发挥到极致

那是在六月，我记忆中的田埂上
我记忆里的母亲，三十年过去了
她在我的梦里，镰刀的声音

在年年收割我的泪

沙坡，一片红

沙坡，一片红
桃花的红，牡丹的红，芍药的红
方圆几十亩眉间的红

沙坡，那一片红
是我们乡村喜庆的红
是父老乡亲希望的红

沙坡，那一片红
三月里粉红，四月里深红，五月里桃红
美在眼里，甜在心里

沙坡，是我家乡的一片大桃园
我在那里打猪草，捡枝条，挖柴胡
摘桃子，折鲜花，谈小秘密

沙坡，那一片红
红到父母的柴米油盐
红到青春年少的橡皮、本子、皮筋、铅笔刀

沙坡，在我居住城市几十年后
那一片深深的红
是我梦里的家乡

满坡满坡的柿子

满坡满坡的柿子
我们在等着它红
红成了灯笼，红成了心事
红成了哗啦啦的柴米油盐

多年之后，满坡满坡的柿子
红遍了山坡
喜鹊一个，乌鸦一个，斑鸠一个，麻雀一个
漫山遍野的灯笼慢慢地灭了
绿油油的麦苗一小片，一小片地
往上走

李家河

路宽了，人少了
李婶家的，张叔家的，王哥家的
都走了，他们看的是山，听的是水
漫山遍野的菊花目不暇接

而刘家和高家的女子早就出嫁了
到了曹家庄，到了王家河，到了甘沟，到了庙沟
这些我都不大清楚
只有那个叫李艳的到了南方
魔鬼身材，翘翘臀，高高乳，黄金发
日子过得蛮滋润

我站在这里，一年又一年
孩子像割了一茬一茬的韭菜
我无法叫出他们的名字

只有门前的树还是旧的
年年却焕发着生机

狗娃滩

狗娃滩，不完全有狗娃
有狗娃的地方肯定有狗
河滩这边，河滩那边
狗叫着肯定有人
人住得久了就有鸡有牛
有房子，土地，小麦和玉米

狗娃滩的中间是一条河
河里当然有鱼有虾
萧家的孩子捉鱼，李家的孩子捉虾
张家的孩子和王家的孩子一起玩
他们长大了，有的结伴出去
有的没有出去就结婚生子

三十年后，我老了
再去狗娃滩，当年的红颜也老了
我们相互笑着嘘寒问暖
之后火就烧了起来

锅碗瓢盆的曲子

异常响亮

黄胆寺

黄胆寺不是一座寺庙
黄胆寺是住着几户人家的村庄
蜜蜂从东边飞过来
西边就能听到嗡嗡声
黄胆寺的人说话也特小心
只要你说出来别人准能听清

我十多岁的时候
每次走过那儿
都能听到牛的反刍
夹杂着几句外地口音
有的在自家的院子里
整理当年的收成
祈福来年欣欣向荣

黄胆寺直到深秋
才能看到满山金黄
有时一只苍鹰俯冲下来
惊得整村的母鸡
四处逃窜

村庄边缘的路

路越走越宽
他相信这个信条

从少年到中年，他都在走
砍柴，挖药，打草，种地
这些路越走越宽

他老了。野草，树，一天天疯长
牛们，羊们，老伙计们
都告别了这条路
人走不进去，风就吹
雨就下，雪就埋

一个一个的脚印，一滴一滴的水
一寸一寸的快乐和年华
成了他的背影

一条干枯的河

一条干枯的河，欲哭无泪
它的怀里没有放牧的牛羊
也不存在浣衣的女子

我走过那里，只有蝴蝶
它们是我的朋友。只有鸟儿
是河的知音，只有枯萎的草枝
是我儿时的记忆

一条干枯的河就是几百年的风风雨雨
它有过汹涌澎湃的辉煌
这些还没远走的老人可以做证
它有过鱼儿自由的游弋

这些大树可以作证
此外，还有月儿和星星
它们都是这条河的亲密战友

一条干枯的河，在寒风中
欲哭无泪。它只是静、静、静
迎着月儿，踏着枯枝
在石头、砂石和布满荆棘的荒野中
回味昨天

西山行

温水村

我不说它世外桃源
不说它绿色、低碳、环保
我不说它是现代人理想的家园

我只说这个涵洞
一个通往村庄的涵洞
一个高 1.5 米、宽 1.2 米、长 500 多米的隧洞
让十年前一辆农用三轮车支离破碎地走进去
让这个五百多人的梦碎在漫山遍野
让房前屋后的核桃、花椒、板栗慢慢腐烂变质
让鲜活的鱼儿、螃蟹慢慢老去

我不说它世外桃源
我只说 2011 年，这个不平常的年份
这个隧洞长高了、长胖了
它让通往村庄的小肚鸡肠长成了阳光大道
让祖祖辈辈生长在山野里的乡亲把希望引出来
跨过渭水，穿过国道，走向一列列飞驰的火车

我不说它世外桃源
我只说它慢慢地好了起来

比我这个当了二十多年的工人
越来越滋润了起来

仙龙村

仙龙村
西秦岭北麓的一个村子
云雾之中，将房舍托了起来

郁郁葱葱，居住山野之中
松柏、洋槐、毛栗，各种高大的树木
盘旋而上的青藤。五彩缤纷的花朵
争奇斗艳

水，是自然少不了的
从各个不同的泉眼溢出
滋润着你、滋润着我
滋润着这里一代又一代耕作的人

日头，从龙的口中涌出
气蒸云梦。使一个又一个
前来采风的同道
感受龙的神气

在冯家山水库

站在风头浪尖上

站在风头浪尖上
我感受到了波涛汹涌的水
一浪高过一浪

站在风头浪尖上
山离我们越来越远
天离我们越来越近

站在风头浪尖上
我并非是时代的弄潮儿
我只听到蝉鸣鸟叫
看到牛羊在山坡上吃草
岁月在时光中穿行

站在风头浪尖上
我是游动的鱼，排空的浪
我看到千河以北缓缓而来的水
看到筑坝人挥舞铁锨，挥舞汗水
挥舞信念，挥舞那个
已经逝去的年代

站在风头浪尖上
我饮着可以濯我缨的水
安逸，爽口，清凉

打　夯

修水利，嗨哟！
促生产，嗨哟！
赶英美，嗨哟！

在库区我听到整个号子声响彻四野
他们之中，有我的哥哥、姐姐、叔叔和大伯
他们来自我亲爱的故土，西秦大地的角角落落
他们把青春年华挥成汗水
用信念和思想浇灌渭北平原
他们使山川的心脏完全袒露出来
土的气息，亲切，和蔼，敬畏
他们把汗水汇成湖泊
让清澈流经渭北
让乡亲喜笑颜开

建水库，嗨哟！
奔四化，嗨哟！
爱祖国，嗨哟！

在蓝莹莹的湖面上
我听到打夯的声音
他们挖土，填埋，运送，搅拌
他们把家安在半山腰

窑洞，草棚，一字排开

谁家的兄弟哟，遥望四野
谁家的姐妹哟，展望未来

嗨哟！嗨哟！嗨哟！
我看到可以濯我缨的水汇进良田
我看到庄稼吸吮河水放声歌唱
我看到我的兄弟姐妹们饮着清澈的水
各奔前程

嗨哟！嗨哟！嗨哟！

千阳，燕伋的故乡

杨树林

它们站着，整整齐齐地站着
中间是自己的兄弟——
芦苇、砂石、水、鱼和鸟
它们保护着它们，组成安逸的家
它们像一个个威武的将军

风吹来，它们齐刷刷地迎
洪水漫过来，它们手拉着手组成长城
烈日照过来，它们让昆虫、行人、小草和飞鸟
充满凉意

杨树林是湿地公园的胳膊和腿脚
整整齐齐，英姿飒爽
它们展开双臂
迎接你来我往的游人

在芦苇丛

谁家的女子满怀春色
透过芦苇她宽松的长裙随风而舞

谁家的后生抛出橄榄
他荡漾的心扉引来几只鸳鸯

现在，这些都是一道道风景了
河两岸，庄稼尽情地长
蝴蝶自在地飞

多么真实啊
站在芦苇丛中，我一直在想
生活本该就是这种慢

哪怕一千年
我们都在想这仅仅的一个下午
逍遥自在的光阴

葵花园

这一片片醒目的葵花园
多么惊艳
它们在湿地公园的两边
格外靓丽
它们像天安门广场走过的共和国方阵

向着阳光
向着千千万万的劳苦大众前行
它们英姿飒爽，让你产生敬意
让你刚刚迈开的脚步又不忍当即离去

葵花园，我们从它的旁边走过

迈着轻盈的步伐，与茂盛的芦苇，蓝蓝的天空
粼粼的波光，整齐的白杨，自由的飞鸟
组成一幅乡间水彩画

在现代果园

这些年龄尚小的孩子，那么小
就要生孩子了，她们直不起腰
就用架子撑，她们不能轻快地长
就被使劲地喂，她们两三岁就做起了母亲
她们的孩子在怀中，不是一个或者几个
而是上百个上千个，脸红红的粉粉的

她们是一棵棵苹果树桃树
上千亩的果园啊
那么小就挂满了苹果桃子
她们只有两岁或者三岁
像一个个违反计划生育的孩子
怯生生又忐忑而不安

在石头河岸边

一棵枣树

一棵枣树，需要多少经年
它每长高一截
我们就老去一岁

我吃过它的果实
它看着我们长大
它长大了，我们也老了

一棵枣树是多少人的一生啊！
在我家的后院里，它一年又一年
将果实给了我们

我的祖父，我的父亲，我
我们都去了远方
我们的枣树
历经风雨

它还会继续长下去吗？

灵 性

我去看她，一位可敬的大妈
满树的大枣，丰盈地挂着
我们一起品生活中的甜

几年之后，树依然绿着
没有一颗大枣在等待着我们

我为这位大妈去往天堂送行
这棵树累了，叶子虽然绿着
但只有泪水让我们尝到
涩涩的苦

在石头河

我去过石头河，石头比水要多
大的石头，小的石头，圆的石头
有棱有角的石头
一泻就泻到了渭河

我去过石头河，那是夏秋之交
流水的声音，石头滚动的声音
盖住了天籁
等我回过神来
汽车已经过了山顶

石头组成一条长长的飘带

我把这条飘带比作天河

青峰峡

我喜欢奔跑
喜欢奔跑的声音
如千军万马，这些都是父亲给的
父亲的奔跑就是千军万马
一泻千里或者飞流直下

父亲是个极其干净的人
碧绿碧绿的，金黄金黄的

我把秦岭比作父亲
父亲奔跑的地方
这一处叫青峰峡

麟游及其他

老县城

撒个欢就一圈
这个地方就是老县城
一只麒麟从东到西
经过县衙，经过商户
经过哔哔剥剥的豆荚声碎

我来这儿就是一袋烟的工夫
废弃的土屋，门前的碌碡，半山腰的碾盘
一位八十多岁的老者，一只紧随其后的小狗
在他的不远处，几只鸡在觅食
冷不丁拍几下翅膀
以示它们的存在

我们来了，是在酷夏的一个上午
老县城城墙上的几棵小树望着远方
玉米、豆角和野草
一股脑儿地长
最疯狂的还是城南城北的两棵银杏
你望着我，我望着你
上百年，上千年
他们是在遥遥相望

它们在想着什么呢？

隋朝的车水马轮？
盛唐的胭脂琴声？
或者这些都不是

它们遥望的是各自身上的幼芽和嫩枝
它们在年复一年地展示着生命的存在

老县城，一座已经被丢弃的老县城
在九成离宫的半山腰
伸个懒腰太阳就上山了

血面条

我喊了一碗血面条
一碗血面条就来了
我吃着这一束束面条
一头猪就声嘶力竭地叫

它挣扎着，就是跑不了
它叫着，是视死如归？
还是惊恐万状？
这些在我吃面条的时候
并没有感受到猪们的心情

血面条，我说了一年多
这头猪就活了一年多

我去了，猪跑进我的胃
跑进和我一起走进麟游人的胃

银杏树

——致老县城的那棵银杏树

我无法忘却这棵树
很大的，在老县城以北一个土梁上
我不知道它来自唐还是隋
在这个千年离宫之上
一晃就是经年

树叶碧绿碧绿的绿
银杏金黄金黄的黄

它竖起来是伞
躺下去是妃子的床

我在它的近旁
我只是今朝的一个过客

在慈善寺

我来了，没有想着要带走什么
佛的身影，人的意志
画的芳香，水的声音，石头和鸟语
莫大的景区，我只留下脚印

你还在等待什么呢?

一千五百余年，你是山是水
是草木和信念

在我离别的时候
我只对你说
安好！安好！

（注：慈善寺位于麟游县城东北五公里处，传说为武则天早期念佛之地。）

太白山

在太白山和李白一起走过一段路程

在太白山
清凌凌的水从天而降
天籁之音从旷野中来
森林完全走在画中
我们看到了古栈道上奔腾的马
西出岐山，马蹄声碎
云层叠嶂
石瀑，飞流直下三千尺

在太白山
我与李白走过一段路程
那时，我们不谈贵妃醉酒
不谈明皇洗浴，不谈安禄山行走长安
也不谈蚂蚁一般人的生活
更不记得国际金融海啸

在太白山
我们谈诗歌，谈爱情
谈我们的孩子
安逸的生活
如同这太白之水缓缓而下

太白山索道

四百米高差三个小时路程
十五分钟就到了
我想我就是那只孙猴子
在第四纪冰川遗址的上空
云中穿行
万亩杜鹃是我的家园

我正乘风而去
天庭也不过如此
翠绿的松柏如殿前的天神
鲜嫩的花草是云中仙子
我被李白请上云霄

我在空中眺望
宫中手捧玉兔的嫦娥呢
或者那个断肠天桥的女子
是否让我能做一次
天下最痴心的情郎

铜墙铁壁

十多年前
我来到这里
看到它的雄伟、壮观、坚固
我想
如果把它移到南中国海

那该有多好

“一夫当关，万夫莫开”

今天，我再次来到这里
铜墙铁壁依然矗立
在太白深山峡谷中
直指云霄

拔仙台

拜仙，只到
拔仙台就可以了

站在雾中
雾霭从身边穿插而过

冰川纪或者白桦林
闻过杜鹃声就到了

拔仙台，谁把自己放纵
谁就是神仙

抗战宝鸡

申新窑洞

这是一些破败的窑洞
但它在七十多年前有过辉煌的历史

这是一些已经废弃的窑洞
但在七十多年前一个姓荣的家族
在这里掀起过一场轰轰烈烈的革命

这是一些已经面目全非的窑洞
有的已经荡然无存
但在七十多年前他们用汗水
浇灌过我们的祖国

申新窑洞，在十里铺的半山腰
它与纺车、织布机一起走向前线
它让抗日志士无比温暖

窑洞，这不仅属于陕北的窑洞
在我们关中，申新窑洞
一样在炸弹飞机的轰鸣声中
与鬼子浴血奋战，日月兼程
它们将西府人的仇恨毫不留情地

向敌人的头颅狠狠砍去

宝鸡工合

“战时景气的宠儿”，抗战的大后方
难道与鬼子就不战斗了吗
宝鸡工合，一个很好的例证
它一次次举起大刀
向敌人的头颅狠狠砍去

它把棉衣裹在战士的身上，英雄热血沸腾
它用帆布盖起抗战临时的家
战士们的灵魂得以短暂安宁
还有纱布、毛巾、军毯、行军床……
这些一次次变成枪，变成飞奔的子弹
他们在宝鸡，以及流落到宝鸡的苦难人身上
叫作爱国！叫作前仆后继！叫作勇往直前！

那些钨铁社、机器社、造纸社、耐火砖社
纱布社、皮革社……
在我看来就是一个个部队
我把他们轻而易举地打上部队的编制
军、师、旅、团、营、连、排
他们所到之处，鬼子同样心惊胆战

宝鸡工合，七十年之后
我写下这些，就必须与三个人联系起来
艾黎、何克、海伦

他们来自三个不同的国家
但是他们跟很多中国人一样
有着对幸福与和平同样的愿望

（注：抗战时期作为大后方的宝鸡，被茅盾称为“战时景气的宠儿”。）

高新区素描

Blue
——写给宝鸡高新区

这是一个中性的词
它象征着和平、生命、积极向上
它始于欧洲，之后拉丁美洲、大洋洲、亚洲和非洲
它与我们的生命紧紧相连
与炎帝的故里紧紧相拥

在渭水南岸，秦岭北麓
我看到它充斥着我们的耳目
石油钻机、宝钛工业、专用汽车、陕汽集团、长岭纺电、
石油钢管——
这一行行产生经济效益的文字
像宝鸡美丽的翅膀
使有着两千多年文明的西秦沃土
从此涅槃，使国家“一五”建设的幸运儿
在不到十多年的岁月里很快变成凤凰
使这里的炎帝子民感受到生命的荣光

Blue，一个中性的词
在渭水南岸，秦岭北麓
它虽然有着装甲车、钛工业、烟草

这些充满火药的字眼
但在它们的内心，却是为了更长久的和平
不信你看——
石油钢管、王子饭店、宝鸡文理、技术学院——
她们使 367 万西秦儿女的笑声响彻三秦大地
使炎帝的荣光传遍五湖四海

高新大道

这是一条通往东西方向的路
这是一条从工业革命走向东方文明的路
这还是一条由蓝色、红色和绿色组成的致富路
站在它的怀抱，我只是一只小小的鸟雀
看着它一天天长大，一天天繁荣
一天天和东去的渭水对话
和巍巍的秦岭凝视

它们的语言就是东来西往的车轮
它们的目光就是大江南北的希望
它们的睿智就是宝鸡一天天变亮的眼睛

在它的西端，我只是一只小小的鸟雀
我看到大学生、中学生、小学生
然后是一个个拔地而起的工业文明
他们像二十多年前的麦子、玉米和大豆
在滚滚的大潮中走向今天的宝鸡装甲、石油钢管
宝钛工业、陕西汽车、石油钻机——
他们是 21 世纪初叶走向世界各地的宝鸡孩子

今天，我只是一只小小的鸟雀
在高新大道的树枝上，我能飞出些什么呢?
大江东去的豪放? 鸡峰插云的阔达?
还是工业、商业来来往往的现代文明?

我在想，高新
这个让宝鸡人走向富裕的康庄大道
我无法去做宝鸡的遗弃儿

灵山之灵

灵山之上，我在寻找我的黎明

平安！大美的方向
情感！真挚归属的家

国庆，站在灵山庙堂
观音，如来，罗汉
今天，我只对你们流出我多年的泪

如果立，我不去做一匹摇摇欲坠的马
如果思，二十多年的路程打磨我的衣裳
如果去，就让我点燃一炷炷香烧去我的惆怅

灵山之上，我在寻找我的黎明

灵山之诗

在灵山之上
我是虔诚的弟子
像十几年前我不去下海，不想着做官
我想着思者到底在想些什么？

钟声，我一次又一次地听到

它就是秦穆公狩猎到此灵鹫的鸣叫
它触动了我一次又一次的暗伤

灵山之诗，我就去叩拜神佛
抛弃我的尘土，抛弃我的痛
我只愿宪政民主这只感动先驱的鸟
能够感动大地的灵魂

风吹五丈原

风吹五丈原

呼呼的北风
陵冢在风中残喘

红丝飘带
一批又一批的来客
把意念转向诸葛孔明

人啊！这些来自八方的幽灵
背靠秦岭面向渭水
他们何曾“六出祁山”

我在此来过两次
只为一颗陨石
它何时再能降临人间

五丈原

不是很高的一个原
由于孔明而驰名
这里的后人也沾了光

那个假日，我到达这里
陨石被镶进水泥
凹凹凸凸如诸葛孔明的人生
战争、烽火不断，血肉一次次被模糊
甜言蜜语。谁都爱听的话语
每时每刻都在提醒着时代的宫殿和帝王

只是这座原至今耸立在这里
向南，褒斜道

向北，八百里
前进或者倒退
都有它的气数

五丈原，站在原顶
我是前进还是后退呢?

北首岭

船形网纹壶

它是一只彩陶
里面盛着七千年的梦
它是一只壶
里面放着仰韶人的酒
它是一条船
游走七千年前的滔滔渭水泱泱金陵

他们将梦放入壶中
我们的先人安居乐业
他们将酒盛入其中
七千年的历史醇香悠扬
它游过的地方
华夏的水，神州的骨头，中华的文明
一起书写，仰韶
一个“共产主义”的幽灵

船形网纹壶
简单的线条，交错而成
自然的神韵，一瞬间
让我们走进很久很久以前的部族社会

那时，我只是其中的一员
我做不了王，我只在河的岸边
采野果、收谷粒、打小兽
过着原始而群居的生活

鸟衔鱼纹壶

外面，鸟一直叫着，叽叽喳喳不停
你不叫，鱼无法脱身

你们一起走上陶
一只仰韶时期的葫芦状的陶
距今六七千年

我只是一个六七千年前的因子
在鱼和鸟繁衍生息的渭河沿岸
努力学着他们行走

我的大海呢？
我的窖呢？
我只有天空
我和鸟儿一直保持着足够的距离

我从你的身边走过
我只能想象那时那刻
我们为何如此存在

一具无头颅的男尸

一具白骨
就是一个英雄
斗豺狼，斗虎豹，斗异族
风雨雷电
米粟、野菜、青果、刀枪
与他共荣

一只陶罐
就是他的首级
他的头颅走向九霄，他的头颅飞向四野
他的头颅奔向梦幻
他被同伴用贵重的陶替代
他是我们心中的王

77M17，一具无头颅的男尸
距今六千多年
走进时间的隧道
他是父亲，他是儿子，他是族群里的一员

走过渭北平原、跨过金陵之水
他爱上一只衔鱼的鸟
在北首岭衔鱼纹的陶罐上
我看到六千年前的火
燃烧仰韶时期的骨头
他的四周，制陶、打鱼、狩猎、放牧
一起奏响宝鸡山水数千年前的华章

陈家湾走笔

陈家湾

一千多年的树
村庄比它更老

我站在那儿
我比花草年轻

农舍一字排开
一排、两排、三排……
乐坏了张家，乐坏了李家，乐坏了杨家

四季、尚礼、春梦、孝道
一起跟着时间赛跑

丢不掉的是满园春色
甩不掉的是环绕芬芳
忘不掉的是你来我往
走不掉的是田园风光

我是秦岭的子民
我有陈家湾一样的梦想

观音柳

千年的柳，站在这儿
我比它老，它披红挂绿
我一身素衣

它是观音菩萨移植的柳枝
我是远道而来的客人

它给乡亲树荫、簸箕、箩筐
给小姑娘的篮子一丝快乐
给陈家湾的乡民一丝柔情
而我在这里和他们拉家常
看演出，闻麦香

观音柳，一棵来自《西游记》里的柳
树妖走后，群山碧绿
河水清兮，麦苗拔节
果园全是春色

神木，神木

神　木

这是一座年轻的城
她在我的内心像一个闺女
什么都是新的
街道、林荫、建筑、汽车
包括行走在大地上的路人
他们都向我微笑
而更年轻的要数你来我往的商业
餐饮、娱乐、服务充满大街小巷
她让我这个来自关中的汉子
有些眼热

神木，又是一座年轻而又年长的老者
他的头顶有些斑秃，有些地方
头发已经脱落。一千多年啊
现在他开始渐渐还童
这些让我这个杨家的后裔
感觉这里就是我的根
虬枝蔓延的地方
“为国为民”可以使我走得更稳
站得更直

（注：据史料记载神木是杨家将的故乡。）

红碱淖

陕蒙的纠结地
你说是你的，我说是我的
只为这些水，沙漠里的一个湖

而最乐的要数遗鸥和鸳鸯了
它们自由地飞，快乐地叫
看着我们这些远道而来的客人
仍然做着自己的事

这些年，这个湖慢慢地在瘦
沙地慢慢地变阔
人们骑着马儿在它的边缘溜达
开着跑车狂飙，或者从沙堆一泻而下
而更多的脱掉鞋子挽起裤腿
在湖面摆着一个又一个 pose
显得无限惬意

它们是些小草

它们是些小草
多么微弱
在神木一望无垠的沙丘上
艰难地生长

它们吐着新绿
太阳这时变成魔鬼

它和小草、昆虫、人类，争着水分
它让它们异常艰难

它们是些小草
再难，也要努力地生长
在放眼望去的沙漠和山石上
它们是生活在最底层的民众
努力前行

“生活逼着我们去写诗”

“生活逼着我们去写诗”
这是诗人横行胭脂朗诵诗歌时说的
多真切啊
她感动了所有的与会诗人

“胭脂”有着切肤的生活之痛
从湖北到陕西
或者从楚汉文化到汉唐文明
需要经过怎样的煎熬
这些年她的艰辛和血泪
用“青春诗会”和“这一刻美而坚韧”就是明证

我们又何尝不是这样呢
这些来自各地的写诗人
都被生活酸甜苦辣过
他们有着苦涩的爱情、婚姻或家庭
他们在生活中被时光拷打
在炼狱中被岁月摧残

他们的血泪组成一行行文字
他们的荣辱汇成九曲十八弯的黄河

“生活逼着我们去写诗”
这是诗人横行胭脂说出的
多真切啊
她让我们在那个瞬间几乎又回到了从前

在神木，我遇见了几位宝鸡老乡

在神木，我遇见了两种朋友
一种是写诗的朋友，我们神交已久
另一种则是我的几位宝鸡老乡
我们都来自西府，一个炎帝出生、稼穑的地方
我们一起谈论宝鸡，谈论岐山，谈论扶风和眉县
谈论我们引以为豪的青铜器、五丈原、法门寺
谈论着谈论着就谈到了小麦、玉米和大豆
这些土生土长的农作物。他们像我们的乡亲
朴实，勤恳，任劳任怨
它们养育了一代又一代的宝鸡人

在神木，我遇见了两种朋友
一种是写诗的朋友，另一种是我的老乡
他们在这里生活创业，有着各自的酸甜苦辣
遇见我们喜出望外，他们说我们是娘家人
那个亲呀，无法比拟！
我们谈论着谈论着就说起了我们的方言
我们说起了头叫作“夺脑”，父亲叫作“爹”，
渭河叫作“於河”

我们说起了西关、经二路、大散关和太白山
这些多么熟悉的地方

他们勾起了我的美好回忆
他们记录着我们的童年和少年
我说在这里遇见他们是多么幸福的一件事

安康走笔

漫步香溪洞林荫小道

我不想成仙
我识人间烟火
我没有他们超凡脱俗
我知道柴米油盐
记着老婆孩子
他们上班上学吃饭穿衣
我和他们一起一日三餐

林荫小道
我的心情的确能够静下来
虽然这是酷热的夏天
我看着山，看着水，看着流动的人
看着一个个脚印
离我越来越远

在香溪洞三清殿前

站在那儿，我似乎高大了
我和元始天尊一起鸟瞰安康
鸟瞰来来往往的行人
他们如蚁从我眼前匆匆而过

没有一丝挥之不去的云彩

在三清殿前，更多的时候
我是变得小了
比山，比树，比水
比鸟儿的叫声，比芸芸众生
抑或呼呼的风
我的确是渺小的

对牛郎石说话

"天涯何处无芳草？"
这句话你肯定知道
可是谁能走出情感之惑呢
古代、近代、现代和当代
一个与时俱进就把什么都包含了

你这个痴情的家伙
当今有多少人会怜悯你呢？
大家过来只不过是玩玩而已
来去匆匆的游人
碧波荡漾的江水
高耸入云的亭台阁楼
巍巍耸立的秦巴山系秦岭之南
他们都是识人间烟火的主
只有你身边的牛
知道你的心

在你面前

我说的这些话
纯属对牛弹琴
但是，我还要对你
轻轻地说出来

终南山，我的忧郁该给谁诉说

绿色，满山遍野地漫过来
我被大山吞没
我说低碳、环保、生命之源
在潜移默化地与城市决裂

我想到那位诗翁，写“伐薪烧炭南山中”的老者
我没有看到他，没有看到他的后裔
他的房舍被高速公路两旁的两层小楼替代
他的子孙到城市或者遥远的都市打拼
房前的鸡慢条斯理地迈着八字
牛、羊，在屋后反刍

他们都在想着些什么呢？

只有我，一个城市的遗弃儿
带着浮躁、忐忑、忧郁
来到这里

我的话该给谁说？
山，水，绿色的海洋，林间的小草
或者低空飞翔的鸟雀
我说，你们好

雾就过来了，后面一阵清风
让山野极其清静

把安康带回家

——与诗人李小洛同题

把安康带回家，就是把会说话的水带回家
把行走中的绿色带回家
把生长的石头，五颜六色的诗意带回家

把安康带回家
就是把安静的平常心带回家
把你恩我爱的酸曲带回家
把娇滴滴似梦非梦的影子带回家

把安康带回家
就是把丰收的稻谷、含笑的玉米带回家
把清新的竹林、挺拔的风骨
把一栋栋拔地而起的高楼、村舍旁的木耳香菇带回家

把安康带回家
这是一个多么富有诗意的话哦
在汉水之滨秦巴深处溪水濯缨的河道旁
把喧嚣和浮躁抛之山野
让慢下来这个词伴随着红叶
一起走回家

宁陕

我在你的怀抱中慢慢醒来

我在你的怀抱中慢慢醒来
我听到你的声音，来自天籁
它是河水流淌的声音，是黄鹂鸣叫的声音
是森林生长的声音，是绿叶一点点变红的声音
是一个个人、一座座房
在早晨燃起的炊烟

我在你的怀抱中慢慢醒来
你用清新的雾霭轻轻地将我抚摸
你用上升的云扶起山地
你用水抚摸石头和青草
你让一辆辆自南而北的汽车书写东西
让生长于斯的牛羊鸡鸭
开始新的一天

我在你的怀抱中慢慢醒来
那是深秋的一个早晨
我把更多的幸福留在山间
这一次我只是从关中的一个工业之城轻轻而来
又在你的怀抱中乞求慢慢地去睡

皇冠镇

一

一江秋水划过一条弧线
顺着山走了
白花花的，引来许多石头的笑声

山雀在树枝上叫
是绿，是黄，是红
最惬意的要数那一粒粒山果
它们把美味留给了人、留给了鸟
留给林中奔跑的小动物

而羊呢，这些与乡村为伴的小尤物
不像深山老林里的精灵
它们领教过奔跑的汽车，穿过跨越山河的高速
它们知道那些现代化的是什么东西

我在这里只是一个过客
只有两天的时间
我的脚步慢了，然后又快
和来自诗歌的朋友陪着山水
陪石头一起说话

二

那一片片茂密的森林
那一座座拔地而起的青山

那一朵朵爬上树梢走入天边的云
我看到你们就是小镇的皇冠

我听见一声声清脆的鸟鸣
我听见一声声犬吠
我看见一辆辆飞驰的汽车呼呼而过
那一束束映入水中的阳光
那一条波光粼粼的河
那一颗颗走动的石头
它们也是小镇的皇冠

在秦岭腹地，我看到山野已经完全泛红
自上而下，映红了流动的水
映红了山野之中的人
之后他们将宁静、和平、不枝不蔓
留给那一只只从不走出小镇的松鼠和欢快的鱼

陕煤札记

在铜川矿务局展览馆浮雕前

这是一部血泪史
它记述着几代煤业人的辛酸与困苦
这是一部煤的振兴史
原始、现代和当代
一块块煤走进我们的生活
这更是陕煤人的奋进史
它让铜川以外的中国人体恤到了温暖和热烈

在铜川矿务局浮雕前
我把他们看了又看
用照相机拍下了这部历史
之后再把它放大、截取
力争让他们在我的心中
展示出这近百年来的真实

我已经清楚地看到了这些生命
他们是我们的父兄。在路遥的笔下
他们是多么的善良、纯朴、勤劳
他们从四面八方来
有着一个共同的梦——
让一代又一代的人生活得更温暖

在浮雕前，我看到了车轮的滚动
机械化的采煤设备大踏步向我们走来
它们的利爪远远胜过我们的双手
它让黑完全走向了白
走向了四通八达的光和热

“11·28”矿难警示碑前

我不是那种好了伤疤忘了痛的人
在警示碑前，默默肃立
我想着他们，一百六十六名遇难者
他们此时肯定也在看着我们
他们似乎在向我们诉说，煤，这些火红的家伙
一块块，多么像黑包拯
不管是真善美还是假丑恶只要在岁月的锻打中
都会变得不屈、正直和刚毅

警示碑前，看着这个“人”字形的雕塑
我没有去想那一两个月里温总理的关怀
也不用去想各级部门的关心与慰问
我做三鞠躬是在表示对死者的怀念！
表示对生命的敬畏！对煤
这些远古时期已经故去，但在今天
已经得到涅槃或即将重获新生的崇敬

在陈家山矿区，漆水河畔
我把自己置身于大山深处
我只愿自己是一盏灯，照着他们回家的路

在红军营旧址

我们来的时候
这里静悄悄，一只鸟的叫声也不易听到
只是我们这些远方游客，踩着他们的脚步
向前走

要在以前，八十多年前
我想这里肯定是热闹的
红军的脚步，国民党军的脚步
还有枪声和炮声

再早些，又是些什么动静呢
狮吼肯定是没有的，大不了有熊出没
狼和狐狸是经常的事
或者土匪，躲债的难民
他们听听鸟叫看看太阳
日子就一天一天过去了

在红军营旧址
这个能够容纳万人的洞内
我举起拳头，默默地说
改革，政治体制改革
我期待着你向我们快步走来

陈家山矿区的小草

在陈家山的山间

我看着那些土生土长的草
有种由衷的敬意
它们不向山要多少养分
不向地要太多荣光
它们日复一日默默地生长在这里
它们是逝者的守护神

他们中有孙少平的师傅
有孙少平的工友
有许许多多孙少平认识的和不认识的工友
他们用生命书写华章
之后就默默地躺在这里

它告诉他们，现在我们都是这里的主人
这里的山有着我们太多的情愫
这里的水是我们的爹娘
这里的鸟和树
我们曾经有过的默契和暗示

在陈家山，看着那些生长在山间的草
我默默地说
你们也是我的好朋友

（注：孙少平，《平凡的世界》中的人物。路遥写《平凡的世界》时曾在这里体验生活。）

御泉诗抄

汉祖御泉水

喝一口御泉水
你就是皇帝

在牛头山的半山腰
我当了一回皇帝

我饮御泉水
清爽，飘飘欲仙
我喝御泉水
“金鸡娃”就叽叽叽地叫
我的文字就长出翅膀
自由飞翔

御泉水，在泾河峰回路转的往复中
从石缝的底层涌出
五六股，软绵绵，尽显灵气
与我们远道而来的诗者
做了一次零距离的接触

（注：汉祖御泉位于咸阳市淳化县御泉村，泾河从御泉村所驻的牛头山下拐了一个弯向东流去。传说御泉水的灵性来源于一个叫“金鸡娃”的神灵保佑。）

植　树

来到御泉村
我们就植树

十年育树，百年育人

一棵叫秦风的树就在其中

我能否成为树？我不清楚
那个叫风的女子
她的身影叫我至今难以忘怀

我们共同栽植一棵松树
松树的风骨
就是我们做人的准则

（注：有幸与美女诗人风铃子共植一棵小松树，取名“秦风树”。）

牛头山的早晨

零星的几声鸟叫
催醒了牛头山的睡眠
是喜鹊，是山鸡
是东方渐渐清晰的晨曦

一头牛的脑袋从帐篷里钻出来
之后又是第二头、第三头……
等一个个都从帐篷里钻出来

光阴已经大亮

牛头山也在这个时候完全醒来
杜梨花吐着芳香，洋槐树伸着懒腰
一些不知名的小草也在使劲儿地往上长
还有御泉水，你不让我，我不让你
使劲儿地往出跑

最兴奋的还有我们
这些二三十个来自三秦的行吟使者
让牛头山彰显久违的喧嚣

蒲公英

我去甘泉宫
甘泉宫的蒲公英就开了
一朵连着一朵
金黄金黄，惊艳惊艳
我不知道哪一朵是妃子，哪一朵是宫女

现在，她们终于春回大地
和着麦苗一起成长
伴着车前草在风中摇曳

在它们的近旁，苹果树吐露花苞
古城门遥遥相望
王公大臣，早已被路旁的瓦瓯代替

甘泉宫的蒲公英
四月迎着阳光开放

青木川

我不带走它们，并不等于我对它们的境遇置若罔闻

宝鸡到阳平关

我在走，山也走
山一步步进入绿
我一步步进入山

我走，水在走
我距离家越来越远
水距离家越来越近

我和水是不尽相同的
水，义无反顾
我，默默向前

宝鸡到阳平关
我走的是李白的路
不，我走的是杜甫的路
在他们之前是三国
不，我走的是自己的路

嘉陵江水清我则清
嘉陵江水浊我则浊

今天，在宝鸡与阳平关之间
我与谁在比清浊?

雨中的青木川

雨中的青木川是朦胧的
雨中的秦舟是清醒的

房屋、村舍、古树、老街
都是以前的
就跟魏家大院、烟馆、妓院
也是以前的
还有以前的核桃饼、以前的山
以前的青石板路
但是新的都是外来人
他们穿过民国来看土匪
他们翻山越岭来看烟馆
这些都是现实的
他们穿着现代衣
说着各地鸟语
鸟飞过的地方
就是青木川的雨雾
笼罩着你我远道而来的目光

魏家老宅

近百年的老宅一直在下雨
有的地方已经明显漏雨

还有枯枝败叶
使历史更加沉重

我在魏家宅院不会留一张照
会客厅、卧室、院落抑或
六个姨太的卧室

历史的划痕啊
我不想说些什么
数年后这个老宅定会被翻修
游客也会在一次次变
包括对老魏的褒与贬
也会各有差异

魏辅唐

到过魏家的人都会叹息
这到底为了些什么？

六个姨太、一条古街、烟馆、戏楼、民团
方圆百里都是他的

五十年代他死了
死于人民枪下

但这绝不是往复

只有半山腰的辅仁中学的光是亮的
那束线拉长了他远去的背影

第三辑

在低处

阳光的味道

他躺在被窝里
一股温馨的气息扑面而来
他在口中默默地念着：阳光、阳光

他把今天的不快很快就彻底忘掉了
像三月的雾霾，已经完全烟消云散
他想到 a+b+c 为什么等于 d
想到 x，y，z，它们的平方，这一个个方程式
它们堆砌起来是多么的有趣
而对数、函数、摩尔浓度
此时，已经成为他的好朋友
他的心中有种阳光般的冲动

蓝天，白云，绿荫
这些美好的大自然
他想着它们很快就要长上翅膀了
如阳光所散发出来的光束

向东，一直向东
黄河、长江、大海，就是他们要奔走的远方
他就是海上翱翔的雁

他说，美啊
这阳光的味道而散发出的许许多多
多么像母亲对他无微不至的爱

我感受着刀刃上的锋芒

我不能左右逢源
在高高的山顶
北风呼啸，烈日炎炎
我看到鹰瞬间从头顶飞驰而过

我不能左右逢源
我的脚下是潮
黎明时分，艳阳高照，古道瘦马
我与海豚为伍，与海浪为伴
我努力走在时间的前面

我走在时光的锋刃上
森林、大海、原野、沙丘
架起一把把利斧
风吹雨打，浊浪排空
我感受着心惊肉跳
感受着刀刃上的锋芒
寒光闪闪

谁在风头浪尖上

谁在风头浪尖上
谁就是最早的殉道者
例如冬青长得最高的那几枝
例如鸟儿充当领头雁的先行者
例如波浪走在最前面的探险者

谁在风头浪尖上
谁就是最早的殉道者
他们振聋发聩，排山倒海，敢为人先
他们是火苗，在苍茫的大地上
他们是星光，在夜晚广阔的天空
让行者不再孤单

谁在风头浪尖上
谁就是最早的殉道者
他们是秋瑾、林昭……
有着思想开启的门
他们都是一束束小草
歌唱，歌声嘹亮
在呼呼的狂风和喧嚣中
使春的气息迎面而来

和草原一起奔跑

草追着草使劲地跑
野蘑菇追着野蘑菇一簇一簇地长
还有小小的花暗暗较劲
谁开得大，谁开得艳
谁开得繁星点点
谁能迷住人的眼

我只是草原上的一只羊
头顶着一片祥云
我的蜻蜓呢？我的蝴蝶呢？
我放着歌和它们一起唱

我唱我的八千里云和月
我唱我梦中的莲
我将视野伸向遥远的天边

致王羲之

——兼寄《兰亭序》成文 1661 周年

三百二十四个字，二十个“之”
让国人学了一千六百多年
这就是他的高度
行书：行如流水！被誉为法帖之冠
文字：情感旷达！千古绝妙
一个“右军”，让古往今来多少雅士文人高山仰止

“永和九年”三月初三，我似乎也抵达兰亭
那是一个天气晴朗、惠风和畅的好日子
崇山环抱之中，曲水流觞之境
文人雅士触景生情、高谈阔论
英姿勃发的“右军将军”，遒媚劲健
神游其间，挥毫泼墨
他肯定没有想到一千六百六十一年后
仍有千千万万的我们学着他的笔法
缓缓前行

一千六百六十一年，我为先生的品格折服
“仰观宇宙之大，俯察品类之盛”
由此直指我的内心，我要说人生苦短
得心境者得安康，还政于民者兴天下
如兰亭者言“固知一死生为虚诞，
齐彭殇为妄作”

唉！我只是区区小民
我只把自己比作行走于崇山峻岭中的一滴水
我一样有着美好愿望

我知道自己的单薄与弱小
但我要学着他们的举止
行走于山水之间，用我的内心
直抒我的情愫，旷达我的胸怀
缅怀一千六百六十一年前三月初三的兰亭
抬手一片草绿
挥手一江春水

洗耳恭听

——题诗人玉上烟“洗耳恭听”照

喜鹊在树上眺望远方
它不发出任何声音
你在泉边坐着，水潺潺地渗出来
像鱼，自在的
你说，我不想别的
我只洗耳恭听

这是天籁之音啊
黄鹂过来了，燕子、鸽子，还有大雁
它们谁也不愿打扰这种意境
它们欣赏着眼下的美景
和你一样洗耳恭听

水，一股股往出渗，如轻风
不带走一丝云彩
不带走一束光阴
不带走一滴水雾

美人辞

在乡间，她
不是晶莹剔透的冰
它是玉，闪耀着夺目的光

在原野，她是盛开的莲
万亩碧绿是她的点缀，水波荡漾是她的温润
天籁之音令她沉醉
即使蝴蝶、蜜蜂、蜻蜓、奔驰的快马
也不比她光彩

而天庭，她在海边，在山地，在月光之下
谁与她陶醉，谁与她为邻，谁与她呼吸
谁与她享受“亲”这个美妙的词

我是减法

废气一天天增加
还有细菌、寄生虫、土拨鼠
千丝万缕的联系
世界不因我的感触而终止

坏事，星斗转移里逐渐增多
疯狂的飓风。大地龟裂。日光无止境地照射
归根结底都是一个个不打折扣的加数

而我是一个减法
当许多锋芒刺向太阳
我只说巴拉哈巴苏荣的《我》
在一次次书写我的心境

（注：巴拉哈巴苏荣，蒙古当代诗人、油画家。《我》是其发表在《草原》上的一首诗。）

在齐鲁大地

在齐鲁大地，我是一只夜莺
迎风飞扬
我看到飞驰的火车直通大海
看到奔跑的汽车永不回头
我看到来来往往的行人，耕耘或行走
看到东瀛的盗贼把罪恶撒向人间
虽然尸骨已经远去，但阴魂尚在人间

我看到一条彩带直通天边
它的声音是柔曼的，舞姿是飘逸的
它的形态是洒脱的，如我见到的诗人
愿把心交给我这个来自异乡的同伴

我们在路上满怀激烈

在齐鲁大地，我是一只夜莺
我看到那些汉子
直通大海，走向云霄
他们在行行复行行的大道上
承载着山东遗风

他们有蒲松龄的胸襟
有陆小倩的柔和
有姜太公的远见

有孔圣人的风骨

在齐鲁大地上
阅读着鲁人的遗风是多么的幸福

（注：陆小倩为小说《聊斋志异》中的人物。）

一头误入城市的牛

它沿着公路走
看见的是高楼大厦
它说树叶或者草，都是奢侈的
它看见飞奔的汽车，行色匆匆的行人
它说这些都是恐惧的
它看到移动的绿色和蓝色
它在想这些是草还是水呢?
它没有听到生长和流淌的声音
只闻到马达和刺鼻的味道
它想到走动的红
它不去做斗牛

它是一头误入城市的牛
脚下的土地都是硬邦邦的
它不会想到这些水泥和砖头都来源于土

它是一头误入城市的牛
它只听到牛肉和被杀

它是一头误入城市的牛
它不知道下面的路该怎么去走

仿竹林七贤

我在竹林弹奏
琴声、鸟鸣组成天籁
我伴着溪水漫步
鱼儿是我的朋友，细鳞鲑、金昌鱼、白条、泥鳅
这些自然界生长的尤物
和石头捉起了迷藏，和落叶玩起了游戏
和轻风躲起了猫猫

我不在深山老林
当然就远离了豺狼虎豹
我不仰望挺拔的高山，嶙峋的峡谷
也不羡慕京城的绫罗绸缎、富丽堂皇
我只愿与青青的翠竹为伴

金黄的稻谷，鲜艳的蜜橘
红红的苹果，香脆的鸭梨
欢歌的云雀，悠闲的牛羊
我和它们一起呼吸

那时我会想起一些旧时的朋友
嵇康、阮籍、刘伶、王戎……
我想到和他们喝酒、谈诗、对弈
但我不去洛阳，不上长安
也不下三月烟花弥漫的扬州

更不参与风起云涌的宫廷争斗
不做没有意义的争鸣
或者马蹄声碎，火光烈烈的厮杀

致伊能静

你在台上
你是月亮
你用歌声和微笑
引人入胜

我，是你的观众
我深情地听，默默地看
我想着你的远方
那个沸腾的海洋，那个悲喜交加的夜晚
那个雨和热血，欢笑和悲伤组成的白昼

我看着你的裙，听着你的歌
今夜，你的月亮就在我的天空

你在台上，我在台下
看着月儿又一次
挂上我的眉梢

（注：时日当晚，台湾正在举行地区领导人选举，马英九当选。）

步调一致

他病了，头痛
之后是肚子、膀胱、心肝和肺
她也一样，他们是一对连体儿

他们吃药、打针
做 B 超、CT 和化疗
他们统统站在地狱的边缘
之后又大步流星地走回来

这些正常么？

那些天空中的星星，花园中的玫瑰
我发现它们有的很亮，有的暗淡
有大的也有小的，有肥的也有瘦的
他们各不相同

但是人是多么的奇怪啊
步调一致
在 2012 年这个阳光明媚的春月

永光村

一个北方的山村
因为 2013 年 7 月 22 日早晨 7 点 45 分的强震而闻名
她先引来定西市长的脚步、甘肃省长的身影
随后是国家领导人的关怀与慰问

永光村，那两天我一直将她关注
一个西北深山的小山村
房子是土木结构的，土披着金黄的外衣
庄稼和我的想象相差无几
绿绿的，黄黄的，生长着一些小草小花
夏天，蛐叫蝉鸣，滚滚麦浪
冬天，白雪皑皑，好一片北国风光
只是那些天她滋养的孩子们
几多泪流满面，几多血染故土，几多与世长辞
他们每一次心跳都会引来无数兄弟姐妹
久久关注

永光村，甘肃岷县地震灾区的一个小山村
与我的故土别无二致
月亮落下去，太阳总会升起
我听到他们的呼吸扣动着每一个
走在路上的行人

在低处

脚踏实地
我不介意灰尘落满全身

这样，我会十分镇定
我可以生根、发芽，可以长出绿叶
枝条和藤蔓
我尽量让自己向四周延伸
无论是平原、山坡，也不管贫瘠与肥沃
我只把头轻轻地稍微抬起

太阳照着我，我做深呼吸
月光洒向我，我向它微笑
我在低处，所以
我轻盈自在，刚正不阿

这么多的事

这么多的事
我一件一件地做
这么多的事
我做了又忘
这么多的事
我在不断地重复着自己

我像推石头的那个人
每次快推到山顶又滚落下来
有时我像一群蚂蚁忙得不亦乐乎
这么多的事
有时我会像一条蛇
等着秋天赶快过去
这么多的事，我就是一只青蛙
期盼着冬眠是多么美好的一件事
这么多的事
我从来没有做一只蝉
不歇斯底里地叫
不三十六计走为上
这么多的事，我给自己打声招呼
继续前行

这么多的事
我承认自己是个不安分的家伙
做着自己也想着别人

在宝天线上

在宝天线上
就是在光明与黑暗中
像一个人有着好心情和坏脾气
但这些年宝天线完全是相反的
黑暗就是通途，光明就是大道
一个月或者几个月的路途两个小时就完成了
牛背梁、小秦岭、桃花山、小陇山、街亭
这些大大小小的山岭，蜿蜒曲折
自西而东的渭水，气吞云梦
它们吸引着南来北往的目光
指引着人们前进的道路

在宝天线上，我唱一曲《斩马谡》
这个街亭啊，以后就不用葬送蜀国的江山了
这个渭水啊，从此也开始了魏国的繁荣
无论是姜维还是曹操，他们大都在这条高速上
建设着自己的祖国

所以天水，这个金银不换的大地
一开始就成了秦人开拓疆土的根据地
成了飞将军李广、人文始祖伏羲成长的沃土

在宝天线上
我经过了三国三分之一的疆土
之后大步流星走向大唐

天水是杯美酒

走进天水
醇香的酒扑面而来
古朴淡雅
从伏羲的怀抱蜂拥而至
马蹄声碎气吞山河的飞将军
或者蜀国大将姜维也为之倾倒
诗仙李白、诗圣杜甫，在这里
都被一杯杯美酒灌得酩酊大醉

王若冰，一位秦州的诗歌酿造师
用天上之水的灵气令四川女子
为之倾国倾城
王元中，让诗歌站起来
像外国的哲学渴望太阳
欣梓，我的兄弟呀
他让这方水土与现实发酵
让语言回归本真，让真情遍布秦陇
李继宗，张家川的回民大哥
在“场院内外”让一间间瘦屋、一只只牛羊
在贫瘠的土地上和大关中的怀抱中
紧紧相连
雪潇，“狂风吹我心，陇诗进咸阳”
早年磨就的剑，显露阵阵光芒
丁念保，通过秦岭，通过渭河

在大关中潜移默化
还有周舟，这个《渭南记事》的思想者
你不能不说陕甘本来就是一家

天水是杯美酒
站在秦州的大地上
我被一杯杯美酒的醇香灌得酩酊大醉
被一间间散发着古色古香的老作坊
熏得不知归路

减法

夕阳牵着云彩的手
走着走着就没了
那时黑暗正好等于零

而硬骨头在这个世界更加稀少
这些年，每年少一个
渐渐地，都成了软骨头
抑或猪大肠

我们呢，也在一天天地走着
先是变少，再是变浑
然后消失得无影无踪

我和我

我在乡间
我在天空

我说这样是必需的
我说那样绝对不可能

我听河水流淌的声音
我跟在嘚嘚马蹄的后面

我在工厂斤斤计较
我在厂房一丝一毫

我弹起我的琵琶
蝴蝶、蜜蜂、小鸟、大雁
做起我的朋友
小草、小树、禾苗
组成我的家园

我和我
不知道哪一个是真我
哪一个是假我

一个人

太阳亮堂堂地照着
他说要钳子胶布，去修一盏灯
他要手电筒让儿子照着，把电源接上
让老婆去打开开关，让一家人忙得不亦乐乎
让很多人无可奈何

他有失忆症、好动症
在病房，一刻也不停歇，即使在晚上
他大骂儿子不孝，骂老婆不听话
骂窗户挡住了他的视线
他说，这明明是门呀，怎么打不开呢
他打着点滴，药水像他的好动
一刻也不曾停歇
他的家人也在忙碌中没有停歇

月亮斜斜地照呀
他仍然要出去
他要上脚手架、和水泥、铲沙子、拉砖头
要在建好的房子里走线路
他再一次吼着钳子和胶布

他要去邻居家借酱油
他把礼品盒一个一个撕成碎片
然后打包要卖

把牛奶、饼干提着要走
把医院的拖鞋、上衣，撕扯
他说，这玩意儿对庄稼人不适用

他得了失忆症、好动症
在医院病房里
他精神恍惚前言不搭后语

潮

我把它们比作迁徙中的豹
从遥远的大海深处呼啸而来
奔腾，嘶鸣，汹涌澎湃，一泻千里
谁不去飞驰避让
谁就会成为它们口中的美食和好酒

中午，我在电视里看到了这些奔腾的豹
在钱塘江上，这群飞奔的兽
向我冲来！你追我赶互不相让
我看见它们张开的嘴

潮，钱塘江上的潮
海宁、盐官镇
一次次冲击我的身体

自白书

我是一张小小的税务发票
我和鸿毛的重量差不多
人们却说我重于泰山

在九百六十万平方公里的土地上
我可以让天更蓝、水更碧、地更绿
可以让小鸟自由地飞、麋鹿快乐地跑、火车轻快地驰
让张大爷、李大婶、王大叔把幸福写在脸上
让钢筋水泥构成的城市更加靓丽
让泥土、山川、原野焕发无限生机

我是一张小小的税务发票
我的重量和空气一样轻
但是我是光荣的、强健的、气壮山河的
我和山水同呼吸共命运
我和大地一脉相承

我是一张小小的税务发票
我也代表着国家肌体
无论大亨、小贩、企业或者普普通通的劳动者
我都是恭敬的、谦卑的、正直的和伟岸的
我使疆土更加稳固、使海域更加辽阔
使天空更加蔚蓝
我来了。我来到你们中间

我增光添彩、默默耕耘
我和大家是朋友

我和大家是朋友
虽然我只是一张小小的发票
但我和祖国一起飞翔
和山水一样增辉
和阳光一样照耀大地

杜梨树

——读路遥《平凡的世界》

杜梨树，这是一棵流血的树
它见证了一对恋人的爱情宣言

孙少平，一个在她心里的“掏炭人”
田晓霞，在他的心中就是一只自己的燕
他们一起飞翔。在原西，在黄原
在他们熟悉的地方
一起探究共同的宇宙空间
他们说：一年之后
在这棵树下见证他们的爱情大海

杜梨树，这是一棵灵魂的树
田福军，在这里
为爱女送上最后一段行程
他把泪洒在这棵树下，让纸灰飞上天宇
他在梦中和女儿相见
他的婆娑感染了又一个人

孙少平，也在那一刻
再一次感受到了爱的温柔
他的泪是狂风暴雨
虽然他们没有牛郎织女般的惨烈
但杜梨树下，他们却永远没有
七夕般的鹊桥

杜梨树，是一棵女人的树
田晓霞，这个自始至终给人遐想的树
风雨不能让她倒下
烈日在黄原灼晒
她心中的一团火
让观者流泪，听者动容
她让滔滔的延河水一泻千里
让巍巍古塔山爱到天荒地老

杜梨树，一棵怎么也爱不完的树
在那里，一对恋人行将远去
在那里，一对恋人刚刚开始

我想写首诗

我想写首诗，在深深的夜晚
她说，天空和大地那么近
她的眼泪都下来了
她在蜀国大地过着安静的生日
她把星辰比作街灯

那一个个亮光是我遥远的心

我把隐隐的念想记下来
在关中古道，陈仓居，酒楼茶肆
我们有过一次次对白
我只愿她是一幅画

我将她贴在我必须要贴的地方
一个四十多岁的人没有多少炫耀的
笑容，静视。或者天高水长
那些都是一条流淌的河

我们飞翔，鸟儿的身影
将是今夜千里之外
流动的星星

阿毛

我说的不是《影像的火车》里的阿毛
我说的不是女诗人的阿毛
我说的是一段苦难的历史
它在我的心灵三十多年依然隐隐生痛

我说的阿毛是个小男孩
他可爱、活泼，有着美好的憧憬
我说的阿毛在门前捡豆豆抓蝴蝶
我说的阿毛在秦腔剧里只是短短的一个瞬间
之后他的娘哭了、疯了，成了“扫帚星”
死无葬身之地

我说的阿毛是一段苦难的历史
他不怕狼，和他娘一样
但是他确实被狼所吃

我说的阿毛三十多年一直没有改变
依然可爱，依然活泼，依然有着美好的憧憬
我说的阿毛依然捡豆豆抓蝴蝶

我说的阿毛是一个无忧无虑的少年

冬

——题摄影家宋延文先生的一幅摄影作品

你走上山岗
从不远的东方款款而来
我在你的正前方
向你招手，向你致意
我就是长春的一棵树
你映红了我的脸，灼热了我的身
即使现在已经进入寒冷的隆冬
有你，我们依然挺立

你是长春的一片新
你把美，把静，把蒸蒸日上的力
展示在我们的眼前
你就是长春经济开发区

我是你的子民，我是一株草
在你的怀中，虽然大雪封门
我依然有种向上的力
代表着冬日暖意的太阳

2010年的最后一首诗

不说山，我只站在它的顶上
我闻着麦芒的清香
不说水，我只看着它
缓缓地流，不带走我的情思
不说爱，我把一年的日月写进诗里
不期望它发芽，不期望它开花，不期望它结果
不说恨，我把石头扔得远远的
把木棒靠在门后，把刀插入鞘中
让火被水淹没

这一天，我只站在那儿
面朝东方，山塬遮住了我的眼
我把它放到我的左边，等待它挺拔苍翠
我把城市放在我的右边，一栋栋高楼拔地而起
然后，我把头昂起来
云朵流动的速度和我的信念一样
随风而去

2010年，风从我的身边走过
留下阵阵刺骨
留下几多遗憾
留下缕缕情思

慢下来

——有感于在西宝线的快速列车上

城市的生活是快的
一秒钟，一分钟，一小时
可以产生意想不到的效果

在西宝线上
我终于被时间拖下来
咣当、咣当、咣当的声音
像我的心跳，不紧也不慢
两个小时二十分钟的时间
正好是宝鸡到西安的距离

慢下来，我不风驰电掣
慢下来，我不像车床的马达永无止境
慢下来，渐渐泛黄的关中平原
我和麦子一起前行

慢下来，我把生活的节奏慢下来
慢下来，我要留下足够的时间与蟋蟀赛跑

慢下来，在西宝线上
我看到一批批旅客走上来，一批批旅客走下去
他们走马灯似的变换着角色
走马灯似的变换着容颜

你无处不在

云缓缓飘过天空
我说，我看到你的影子
向大地招手

一只麋鹿在草原漫步
向绿色延伸的地方
你在追赶一只蝴蝶

帆船在浪波荡漾的海上驰骋
海的浪花溅在我的脸上
你说，清爽，清爽

我在工厂、街道、走动的电车
你通过风通过云通过雨通过雪
说：安康，安康，安康

你无处不在
田野，草原，山川
秋夜，海滩，小道
扬帆的海航线
风起云涌的人流
你说，惬意，惬意

我们并不陌生

他要攀爬，却无处下脚
他冒着虚汗，束手无策

他看到山越长越高
自己却在变矮

他们都来了，要到达收获的彼岸
面对这座巍峨的山，那是必需的

他踩在别人的腿上，趴在别人的肩上
他拽着他的胳膊，拉着他的腿
他们喊着号子，相互搀扶

他们拽着抛下来的绳索
用猴子捞月的方法做云梯
他们一个个竭尽全力

他们像血肉相连的一家人
面对山，我们并不陌生

彷徨者

那是可以避免的
他们被时光推向十字街头
东西南北，都有不同的路
他们彷徨，慌慌张张寻找突破口
有的就跟在大队伍的后面
春分，谷雨，立夏，冬至
一步步毫不留情地走过
（这些都是必需的，时间不会给他们留下任何暗示）

他们像一群碌碌无为的蚂蚁
在一场毫无意义的旅程中陷入虚无
但是这段路程是不需要理由的
舌战、口水战，浸湿了整个路途
之后就是棍棒，一具具被季节遗弃的尸体

他们在消磨着自己的好时光

那是谁让他们进入这场虚无呢
窃窃私语者走了，相互吹嘘者走了
这群可怜的弱小者呀
不知要走向什么地方

与狼对视

狼死死地盯着我
怒目圆睁，似乎要吃掉我
我也盯着它，做出斗兽状
它咆哮，我怒吼
它倒退，我没有追赶

我知道它已经失败

而披着羊皮的狼绝非如此
它对我笑，说我好
它对我摇尾巴
我说它是好的，我给它吃给它喝
给它盖起茅舍
我想它是善良的

可是这些年我并没有挤到一滴奶
我面黄肌瘦，体力不支
它一次次破坏我的家园和山岗
它与我对视

我很快倒了下去

我还看见了什么

几只蚂蚁在树下张望
多好的诱惑呀！它们是进入东村还是西村?
它们把这两个方向看了又看
风吹来又拂去，它们左右摇摆
像水中的浮萍，生怕打湿他们的头颅

我看见一些鸟
这些左右逢源的小家伙
没有排成“人”字，一直向南
一只只虫子，一粒粒谷物，一点点剩肴
它们你争我夺

几只狗，在不同的场合
摇头摆尾，或者狂吠
它们搞不清自己到底是在干些什么

之后，我看见一些人和那些大大小小的动物
欢天喜地地走在了一起
相互埋怨，相互指责，相互厮打

它们都有着不可告人的秘密

理发

那么多那么多的发丝
就在今天与你道别
无论是新，无论是旧，抑或风尘仆仆
饱经风霜，我们只能说拜拜

那么多那么多的意
今天，我只能向你说再见
昨天雨雪交加，寒风凛冽
我们风的翅膀吹花了树的眼睛
我们梦的青春爬遍山梁
但在今天，我们只得说拜拜

那么多那么多的愁
今天我要和你说拜拜
无论是黄，无论是枯，无论是白
茂密，稀少，长或者是短
我们必须说拜拜

那么多那么多的发
昨天，我们一起度过
今天、明天、后天
我们还将一起迎接

第四辑

小我或大我

隋炀帝杨广

这是今年的最后一首诗
不写张，不写王，不写李，不写天空和大地
我就写隋炀帝杨广，一个
在历史上留下姓名和实物的帝王
我知道他与我没有任何关系
（虽然我也姓杨，也许我们的分支不同）
我们都在历史上走过，都会变成尘埃
但他比我幸运，比我悲壮
他有大运河将自己从北京连到杭州
从洛阳连到江都
他有扬州这个充满诗意的地方
他在那里失去江山，他从那里得到升华
他让唐宋元明清以至近代现代和当代
更多的人喝的水，吃的粮
含有血和泪
他让王公大臣、达官显贵，为了私欲
有的拍手称快，有的窃窃私语，有的同室操戈
他让世人在惊愕中将南方和北方
连在一条线上。并让这条流动的线
快步疾行

隋炀帝杨广。是我今年写的最后一首诗
我说科举，它让多少人
红了脸，白了脸，黑了脸，变了脸

但又有多少帝王能想出更好的办法
几百年，上千年以至当代
仍在延伸。像光，像线
伸向四面八方，伸向五湖四海
伸向封建社会，资本主义社会，社会主义社会

隋炀帝杨广
我不说他好，不说他坏，不说他伟大或狂暴
我只说在扬州这个古代称作江都的地方
我曾经站在运河的岸边，问苍茫大地
谁能尝到他的分子或原子

北京真大

北京真大
说出口，我笑了
我是说二十年前的北京和现在的北京
我望着走着行着
很久很久都到不了我们要到达的地方

北京真大
我看到天，只有井口那么大
我是井口之蛙
我数过的星星只有一颗两颗
在低空飞翔，我是多么满足

北京真大
在夜晚的立交桥上
我数着穿行的灯
它们刺我的眼，照我的瞳
从西客站、复兴路、世纪坛、北四环
我读着读着，但真正读懂的
没有一次

北京真大
我们这群爬行的人
想的各不相同
但要去的方向是一致的
我想的，他们也许已经在想

玉米

以前玉米是我的兄弟
我在农村，当着农民的儿子
现在，我在城里生活了多年
玉米不再是我的兄弟
它是我的亲戚和父辈
以后，玉米就是我的祖辈了
我见鸡蛋容易，见大海容易，见牛奶和面包容易
但是玉米，我只能在很少的时间里见到它

我说的玉米都是老玉米
它不是水果玉米，不是黏玉米，不是色彩各异的玉米
它是我记忆中的中国人
不杂交，不说外国话，不流外国血
它的架子上鸟雀成群
它的外衣内一排排整齐的骨头
似乎要让人们产生无限欲望

玉米，在我们这些生于六七十年代的人看来
一年三百多天与它们为伴
我吃它们做的搅团，吃它们做的鱼鱼
吃它们做的饸饹和馒头

那时我的去处一片金黄
它是我的梦想

大风起兮，我志远方

我是它的儿子，我是它的兄弟
解开纽扣，我们共话桑麻

一滴水，从这个瓶子到那个瓶子是两码事

空气从山林到城市是两码事
因为它的本质发生了变化

一滴水从这个瓶子倒入那个瓶子也是两码事
例如小瓶子的水倒入大瓶子就会消失
例如瓶子盛过硫酸，瓶子盛过酒精
它们的本质完全有着区别

我把克里米亚也比作一滴水
当然，我看到的是两瓶水的本质有所不同
它姓张，姓杨或者姓李
它们走向哪里，其原子就会发生本质变化

克里米亚，我看见它们在一步步地向张靠近
因为它的分子在六十年前曾经姓张
它们有着张的质子
它们的本质叫骨头和不屈

请授予他们“共和国卫士”称号吧

请授予他们“共和国卫士”称号吧
他们是十四名保钓人士
他们登上我们久违的中国领土
喊着“钓鱼岛属于中国”“日本鬼子滚出去”
他们一个个都是英雄
流着滚烫的血
令国民沸腾

请授予他们“共和国卫士”称号吧
他们是三十岁至六十多岁的草民——
个体户、前议员、教师、新闻媒体人、船员
工会理事长、社会活动家、船主
他们都是一些小草，弱不禁风
但是，他们做出了大树所不能做出的创举
他们令我们汗颜

请授予他们“共和国卫士”称号吧
他们都是中国人。个个都是好样的

他们在登上钓鱼岛的一刹那
成为我心目中的英雄

致斯诺登

他是一个有良知的人
不分国界，不分种族
他把自己的内心抖了出来
抖搂出美利坚的恶果，发出阵阵的恶臭
他抖搂出英吉利的犬牙向着发臭的主子献媚
他知道无论是恶狗还是犬牙
都需要正义这些疫苗
他没有治愈犬牙和恶狗的能力

他是一个有良知的美国人
2013 年他从丑陋的污泥中从容地走出来
一夜之间整个世界都沸腾了
白宫，一个时常生长野草的地方
此次成了公开的黑作坊
死猪，病鸭，毒蛇，坏鸟，没有办法再去隐蔽
白金汉宫也不必挂上靓丽的外衣

斯诺登，这只从美国心脏飞出的鸟
在香港、俄罗斯、拉美的上空飞翔
他能够到达的地方，人们恍然看到
谁才是世间罪恶的始作俑者

（注：斯诺登，美国中情局原技术分析员。曾透露了美国国家安全局许多不可告人的秘密。后暂居俄罗斯。）

致查韦斯

什么时候，人们都需要感情的自然流露
加拉加斯，委内瑞拉的首都
几百万人口的城市。人们显示出了极度的伤悲
三月之初，他们排着队
瞻仰自己心目中真正的英雄

而在中国，我是多么希望他也是一棵树
柏树或者松树

他有铁一样的内核，钢一样的本质
他是 21 世纪初叶为数不多的一只鹰
飞翔在拉美大地，使世界和天空
多了几丝晴朗

可是我的想象是多么的愚蠢
这个在萨瓦内塔出生的儿子和韶山冲的伟人
有多么的相似，他们在成千上万只恶狼
不断张开大口，又如此反复的时候
就倒了下去
（这是多么的伤悲）

民主社会主义、托派思想、马克思主义
抑或最底层千千万万的弱草、小生命
谁才能给他们防身的猎枪？

写给卡扎菲

2011 年，你站着
通过网络、报纸和电视
你让东方的禾苗惊呼
你不说战争
你就想守住你的草原
守住马匹和牛羊

可是风强劲！
西风、旋风、龙卷风、沙尘暴
让你的国土混沌，江山紊乱
让的黎波里以及更大的领域雷动
让你不得不说
战争，战争

战争，我在东半球的一隅听见密集的枪炮声
我似乎已经看到杂草丛生、满目疮痍
看到跑动的子弹、匍匐的人群
看到一群又一群逃离的蚂蚁
他们和你一样，怒吼
发自歇斯底里

你说草，你说禾苗
你说粮食和羔羊

谁能阻止那些豺狼和虎豹

写给卡扎菲的最后一首诗

十月，我们的天冷了
北风，黄叶，呼呼呼的凉
夹杂着小雨雪，一场一场的寒
而你在自己的祖国
身体已经冰凉

这就是世界，哪怕是你的故乡
苏尔特，也会让你走向人生终点

你还能奢望什么呢？
“我是你们的父亲”，这不是你此刻应该能讲的
即使你是祖宗或者后代

你弱小了
你成了一只老绵羊
你的命在别人的手里

我说过，做只绵羊是可耻的
你已经做了绵羊
那就行走远方吧

恐惧的梦

——有感于反宪政思潮风起云涌

你透过葵花对我甜甜地笑
之后果实，累累硕果
似乎触手可及

我在朝着你的方向
我喊着你的名字
一道闪电突然中止了我的梦

惊雷，烈焰
变形的作揖者
常青藤一样爬行的蛇

大雨，暴雨
一场又一场地逼近
有时候近乎寒流或暴雪

我在潮湿的夜里
什么时候才能走出云端

我在想方设法将自己解放

我爱我的祖国

——有感于南非世界杯朝鲜运动员郑大世唱起国歌时泪流满面

仿佛是一只鸟
我爱我们的天空
爱我们的云朵、月亮和星星

仿佛是一株草
我爱我们的土地
爱我们的森林、田野和山川

仿佛是一颗星星
我爱我们的天宇
爱我们的银河
爱我们的生存空间

哦，我是你的子民
当国旗冉冉升起
当国歌响彻天空
我泪流满面

我爱我们的祖国
我爱祖国的每一次呼吸

手机之诗

他讲究“原则”，他是手机党
车床飞快地转，他的 QQ 叫着
甲说，我买了一件紫色上衣，颜色可靓了
乙跟着说，说起她的连衣裙
他们都是一群陌生人

他坐地铁，在地下与时间赛跑
他所说的新闻也在地下同时发生
奥巴马前往中东。安倍这个日本右翼分子
金正恩，章子怡，小 S，还有天空不明飞行物
都是他在手机里亲眼目睹的

他会看着一些笑话、幽默
而他们被一些不近不远的爆料惊愕
拳击、网球、汽艇、NBA、三国杀
它们都在这些小小的世界里

（这个世界是多么的精彩啊！）

他是手机党，任何时候都不会忘记自己的好友
厨房、餐厅、厕所、卧室、工作间——
他们都是不离不弃的小夫妻

（注：人们把时常与手机不离不弃的人称为手机党。）

血流在我的心里

——有感于台湾连孝文受枪击

“血流在我的心里”
这是一个年迈的父亲铮铮之言
我看到他的泪流入海峡
填满天宇

我看到子弹穿过他儿子的头颅
一次又一次的慢镜头
殷红的血，民生的血，一股为理想奔波的血
我看到阴谋、罪恶、刀枪
听到良心一次次被追问
一个个让灵魂跌入低谷的阴谋诡计
你到底走向何方？

10 月 26 日，我和台湾人一起感到疼痛
鲜血、钻心、剧烈
我的神经开始错乱

“血流在我的心里”
一种撕心裂肺的伤痛
我看到他的眼睛已经模糊

失血的下午

——有感于云南鲁甸 6.5 级地震

黑夜还没有来临
太阳就下山了
各种声音相互交替
不是寂静，但不久之后寂静了

这些都是真的
云南鲁甸 8 月 3 日下午 4 点 30 分
他们像蝴蝶，有的飞着，有的在花束上
有的在枝上、干上
一会儿都落了

没完没了的爱

他像一列飞驰的火车
路过草原，看到牛羊
他说爱
他爱走在大地上的花花草草
吸吮天地之灵气

他路过城市，一座又一座的楼房
他说爱，那多像孩子的积木
亲切又惬意！他说跑动的汽车和行人
他毫不例外地爱
那都是他日思夜想的情人啊

他路过山川，那就是乡村和山谷了
他仍然说爱，那些大自然
他真想归于本真，归于那里的一草一木

没完没了的爱
他舍弃自己的一亩三分地
远走他乡

为你拭去眼角的泪

你在戈壁
雾漫过来眯住了眼
你在一束小草的旁边站定
泪水就轻轻地滚下来
我看到鹰从你头顶飞过
它的叫声代表了谁的悲哀

风轻柔，云漫步
一会儿雾就漫过去了
天空一片湛蓝

一只羚羊跑过来
我看到它久违的笑

第五辑

可有可无的诗

广州火车站：2008 年雪及其他

2008 年初，我国南方经历了一场五十年未遇的严重雪灾，导致京广线及多条出粤通道瘫痪，大量返乡农民工滞留广州火车站。

——题记

炼　狱

"像经历炼狱，死过一样"
金华人陈新生的感受颇有代表性

而这个感受对于未曾经历的人却是空洞的
真切的、刻骨铭心的、叫他难耐的
是那条地下铁与头顶的地上铁
让他整整走了一天
这一天的距离也是他走向"家"所必须
要经过的距离
一个让人神经为之一颤的咫尺
或者天涯

2008 年 1 月 26 日
一个必须铭刻打工者心灵的时刻
谁都不愿意让它再次光临
超过五十万人流的地球上
最拥挤的地方——广州火车站

仍然是那种感觉
DJ 陈晓林，一个美丽漂亮的女人
一辆方显尊贵、高雅的红色富康
一个错误而又继续错误下去的错误决定
使这位广州人也经历了“死”的炼狱
……

空洞，无助，冷漠，迷茫……
早已吞没了她素来的沉着、冷静以及美丽的面庞
乱七八糟的想象使她看到拥挤的人群
像马蜂黑压压地趴在她的车上
她说，那些马蜂要把她吃掉……

一个三十分钟
一个百米长的路
一辆最后遍体鳞伤的汽车
一个庞大得让人头皮发麻的人群
一个叫陈晓林的 DJ 女人的哭声
一个近在咫尺的广州车站
一个遥远而不可企及的家
向我们层层推进……

（注：陈晓林因开车误入农民工返乡通道三十分钟不能动弹。）

潮　涌

还是那个叫陈新生的金华人

还是那个不算太大的火车站广场
2 月 1 日掀起更大的潮
五十万人的潮水汹涌澎湃
那种架势，陈的妻子如在梦中
她像一个“文革”时期的反革命
挎包挂在脖子上，两只手不甘示弱
她像早期的共产党员，临死也不放弃
一丝生的希望
她说，她要回家，哪怕留在广州能省不少钱

但钱能替代情感吗！

陈妍，又一个需要挤出潮水的女人
仍然是 2 月 1 日
她在丈夫、儿子的簇拥下走进潮水
大水淹没了她的视野
她和儿子这些小小的浪花实在太轻了
一道波涛就被打进不远的浅滩
她需要的正是这种浅滩
因为那个浅滩是友善的、温暖的
和她一起被打进这个浅滩的还有一千多个
需要帮助的浪花
而丈夫就成了望夫石
任凭波涛在内心肆意澎湃
任凭海水在心中肆意奔流……

闯　关

一个极富挑战性的动词

闯关，现在正与温馨的“家”连在一起
这是多么的滑稽与自然

广州站。返乡潮。中断的铁路。武警官兵
他们的记忆异常深刻
为了家，一个风雪中的家，一个死也要回去的家
一个可以温暖自己心灵的家
她们首先被形成三道黑压压的人群

望眼欲穿的车站
风雪中长啸的大声呼喊：
“我要回家——”
然后变成三层手挽手的人墙
人梯以及几万个前赴后继的冲击……

饥饿，寒冷，急躁，紧张
受伤，晕倒，叫骂，号啕大哭

一幅宽广辽阔的逃亡图
一张奇特悲情的对抗画
一群没有把对方当成真正敌人的义勇军
一个叫贺柳明的武警心中的泪……

他分明看到父亲矮小的身影
在潮水般的人流中摇曳
他分明看到姐妹在昏迷中被抬走
而更多的是比他更小的弟兄们
在风雪中哭泣……

生　死

火车，一个给我带来欣喜的精神之神
在 2008 年 2 月
它却让我第一次感受到坚硬与冰冷
陈妍夫妇被分成牛郎织女二十多个小时后
终于会合。夫妻来不及惊喜与拥抱
然后卷入汹涌的人潮……

李红霞，一个被火车间接夺去生命的监利人
一个比我小二十多岁的年轻女子
她把毕生最后一句话留在异乡
她的离去正好印证了广东领导汪洋先生的预言

李满军，又一位紧跟其后的殉道者
在他奔向火车的同时
谁能想象到他已经成为等待涅槃的凤凰
而他，这只即将涅槃的火凤凰
也同时把一个马上成为自己的女人
推向生命的极地——
一个腰椎脚踝骨折的苦命女人
已经走向沉重的十字架……

赵宝琴，又是一个需要记录的不幸者
他没有鸟儿那样幸运
因为她的翅膀没有鸟儿自如
在广州火车站广场对面的内环路高架桥上
迎接她的是从十多米高的地方坠下

更不幸的是正在上大学的女儿
每月一千元的学费、生活费
不知由谁去承受?

大雪启示录

2008 年雪灾。广州火车站
半个多月的人潮，每天四五十万的返乡者
李红霞、李满军、赵宝琴
以及远在千里之外的我
每天都在面对纷纷扬扬的雪

雪，在我所有的诗作中
一个美丽的使者
我曾经说她是坚贞玉洁的恋人
之后又以自己的光明磊落，把
所有罪恶统统埋葬
所以我说她是英雄

可是 2008 年给每个人见面礼的雪
一个完全被魔化了的大妖怪
它让很多人心惊胆战、全身冰凉
它让身居高位的官僚主义者推诿扯皮
它让厚颜无耻的傲慢主义者自以为是
它让形而上学的形式主义者喋喋不休
它让孤高自傲的利己主义者自我陶醉
它让更多的投机主义者把雪当成发家的资本
一壶水十元一包方便面二十元
价格翻了十番……

是天灾还是人祸
是21世纪科技比不上上世纪70年代的钢材？
还是良知的溃败，无法抵御零下20℃的风寒？
这是个多么荒诞的离奇的话题

可是雪
你又能让我说些什么呢？
一些美或者感恩之心吗？

唐山的几个农民
各地前往灾区的援助者
广州车站的志愿者服务队
一些大老板，广州的兄弟姐妹们
如兄弟一般安抚未能返乡的阶级同胞
……

警惕啊，警惕
我们应该提高警惕
面对这场五十年不遇的大雪
我们必须高度警惕
警惕那些雪一样的灾难再次降临我们每个人
警惕那些官僚主义者、形式主义者、利己主义者
投机主义者
再次降临我们每个人的心中

2008年，雪，广州火车站

（注：有关资料来自当年的《南方周末》。诗中的李红霞、李满平、赵宝琴在这场雪灾中丧生。）

2008，汶川大地震

我爱我们的祖国，我更爱我们的人民。

——题记

5 月 12 日，我们的同胞到了最危险的时刻
这一天祖国的一角，家破人亡，交通中断，山崩地裂
这一天正像帕斯卡尔所说：人不过是一根苇草
是自然界最脆弱的东西
这一天我们永远停驻在 14 时 28 分
那个血肉模糊的时刻

汶川，这次地震的正中心
一个曾经美丽多娇的小城顷刻间变成废墟
北川，大禹的故乡。因大禹治水而名扬天下的县城
悲伤成川，14 万余人流离失所 8000 余人走进天堂
茂县，那一刻
与外界隔绝一切联系，成了死城
都江堰，一个正经历阵痛的城市
瞬间陷入黑暗。聚源中学，上千名学生一半命归黄泉
绵竹。汉旺广场钟楼的时间永远定格在 14 时 28 分
它在向人们倾诉内心的迷茫
德阳，四川的工业重镇
半壁江山遭受毁灭性打击
甘肃陇南，由于缺乏信息
缺帐篷、少粮食成为城市的内伤

而陕西略阳、宁强，人们已从阴霾中渐渐走出……

“灾难就是命令，时间就是生命”
那时，地震的第一时间
代表国家的权力机关迅速做出反应
总理两次亲临灾区，向遇难者遗体三鞠躬
表达对生命的尊重
在北川中学，他为孩子们郑重写道：“多难兴邦”
主席做出批示，句句情真意切令灾区深感温暖
十万多赈灾官兵义无反顾深入险境，置安危于自身之外
各地志愿者、捐钱捐物者排起了长龙
“救”字头“抢”字头专列迅速开出
将物资和伤员运往目的地
即使海峡对岸也不为人后
5月17日，一场义演，令2300万同胞的思绪与祖国拉近
闽南语歌后江惠“望天替咱保庇这个家”
让全场哽咽……
秘鲁，这个与我们十分遥远的国家
把5月19日，与我们祖国一样宣布为哀悼日
为四川地震遇难者降半旗志哀

在我们对那些珍爱生命的人产生无限敬意的同时
也对一些大大小小的官僚主义、本位思想
卑鄙和无耻产生愤怒
我愤怒那些贪生怕死的官僚主义者
把群众生命当作儿戏
我愤怒那些因组织不力使更多生命提前走向终点的
极少数领导者
我愤怒那些大发国难之财的奸商淫户

我愤怒聚源中学教学楼质量问题将 17 个班深埋其下
我愤怒北川中学“王八蛋工程”
夺去了 1600 多条鲜活的生命
我愤怒绵竹富新二小问题校舍让 127 名学生
在事故中遇难
我愤怒曲山幼儿园 600 多名幼儿因地震几乎无人生还
我还愤怒东方汽轮厂叶片分厂建筑结构不合理
我更愤怒那些趁国难之际偷鸡摸狗
谋财害命的无耻之徒……

这一个个一件件是多么可耻和无情
当我们泪流满面地看着那些文字和生命的逝去
我是多么的痛苦和无奈
现在，我再一次双手合十
为逝者释怀安魂，为生者祈福平安……

汶川地震也使祖先留下的文物受到不同程度的损坏
四川国家级的重点文物 65 处受损
都江堰裂痕，青城山受损，二王庙几乎倒塌
天水麦积山佛像龟裂
礼县大堡子山秦公陵园遗址急需维修
秦兵马俑不同程度损坏
全国 2700 多件文物流血流泪……

“汶川阵痛，痛出一个新的中国”
我希望在我们抗震救灾，重建家园之后
能够像凤凰一样得到涅槃：
一分钟内信息公开，消除恐惧，各县市缔结互助协定
专业的救援队伍不断完善，防灾日、防灾周深入人心

城市公共安全应急标志明了，心理引导队伍扩大
以及高精度的地震预防体系
如家禽的烦躁、惊叫，鸟类的惊飞、群迁
鱼类的漂浮与翻腾，蟾蜍的纷纷出逃
生物界的反应给我们深刻启示

当然，在汶川大地震，我们仍然看到更多的可歌可泣
绵阳紫平铺的一所小学被誉为“史上最牛的希望小学”
承建商刘汉让我们肃然起敬
陕西宁强县毛坝河镇的官员和教师
在震前的每年安全演习
使小学几乎无人伤亡
都江堰一个叫陈石霞的母亲收留了几个重灾区的孤儿
唐山的几位农民怀着感恩之情走进四川
绵竹的 600 多名矿工靠吃树叶走出绝境
一个刚从废墟中救出一个孩子的武警跪求
让我再救一个
英雄老师谭千秋以血肉之躯抵挡飞来横祸
敬礼娃娃、芭蕾女孩、牛脑寨羌人、救灾军民
无不让我想起以人为本，众志成城，人性挺立，永不言败

2008 年，四川汶川大地震
大地痉挛，山河破碎，惊天动地
2008 年，四川汶川大地震
以人为本，苍生为念，中华崛起

城市的哭泣

——献给地球环境日

我们的城市正值风华正茂的青年
雄姿英发，挥斥方遒
而此刻，映入眼帘的却是一位病入膏肓的老者
交通尾气，大气污染，水质恶化，病毒肆虐
以致阴霾夺命三十万的沉痛代价
使他几近风烛残年

2005 年，谁能忘记
松花江那悲惨的一幕
长春、哈尔滨、佳木斯几乎江水通过的地方
城市一片惊慌
连大水即将进入的俄罗斯地界也开始进入紧张
2007 年，巢湖、太湖、滇池蓝藻泛滥
臭气污染湖的四周，鱼虾海类美食
开始走入文本，任你以发酵的思想无奈品尝
2020 年，中国将有 60 万人因污染过早死亡
2.7 亿城市居民呼吸不达标空气
6000 万人难以获得饮用水
6 亿人喝着污染水维持生计

而交通尾气、城市天敌
氮氧化合物、一氧化碳、挥发性有机物
每天充斥人的神经
使充当生产力决定因素的人变成天然吸尘器

细离子浓度，一个很陌生的新概念
开始进入我们的眼帘
酸雨，这个从来没有涉及中国的不速之客
从此安家落户
沙尘暴，一个异常凶猛的怪物
不知要造就多少楼兰古城……

工业发展的超环境负荷运转
珠三角从机械污染、化学污染
发展到全方位的多重污染
东莞，一个新兴的工业城市
在经济进入广东三甲的同时
污染指标也跃居全省第一
珠三角、长三角、四川盆地、京津冀、东北平原
谁能逃出这个魔沼？

之后病毒肆虐
上呼吸道感染、非典 H1N1 、心血管系统疾病
小孩发育迟缓，个子低矮、挑食、弱视
老人几乎走向死亡的边沿
……

地球污染，城市哭泣
这难道是人类进步的必由之路？
一边是灰霾天气日益猖獗的城市发展
一边是唯 GDP 崇拜的城市建设高利润的追求
昔日农田遍野的广袤天地
今日成为工厂纵横高楼林立的城市森林
一边是农民日益减少的可耕地被圈地运动所代替

一边是城市失业人口骤增的尴尬
这个谁说得清?

今天，风和日丽，芳草萋萋
当我们坐在明亮的办公桌前
谁能想到震惊世界的伦敦烟雾事件
四天之中 4000 多人死于非命
两个多月内 8000 人命归黄泉……

解放思想，加快改革
和谐发展，绿色环保
让我们时刻铭记心中
铭记心中

2008年，一个难以逾越的词

时光已经淡去
比方说，雪——
一个生冷的词
让我至今仍环绕在饥寒交迫的悲怆中
我看到千里之外我的亲人望而兴叹
看到火车如看到一具具冻僵的蛇
匍匐在株洲以南不能动弹

我还看到济南的火车
它们怎么也不能叫我忘却
我想起自己小时候玩的小游戏
十几个小朋友手拉着手排成两行
让一个人冲过去将对方一排冲开
可是我怎么也没有想到
火车也会做这样的游戏
学起我们小时候的过家家

更让我们痛苦欲绝的还有“5·12”
那一天，我们都是汶川人
我们经历了生离死别
我们的祖国也为之呜咽
现在我们是死去的凤凰已经涅槃
我说，好好活着，对每一个人
之后，我看到大水
大水汤汤，大水冲了龙王庙

大水是浑浊的，大水面无表情
大水让善良、纯朴一命归西
大水让鼠窃狗盗付之东流
大水也让久经沙场的灾民束手无策

2008年，我看到上海或者瓮安
这些难以启齿的词
在闸北、歹徒或者英雄被完全颠覆
瓮安，几万人的呐喊也无法换回
一个年轻而鲜活的生命
而北京，我看到中国的无比强大
奥林匹克，意气奋发，或者太空遨游
好一派繁荣景象
我想，那样多好
多好！

但是接下来，时光再次陷入难堪
三聚氰胺的为非作歹
钱的弱不禁风，劳动的软弱无价
企业像一个个蔫黄瓜
顷刻之间耷拉下了脑袋
人们也像失去主心骨的猴子
树倒猢狲散
这种想法看起来多少有些小小可耻

是的，我就是那种有点小小可耻的人
2008年，一个难以逾越的词
让许多人在不知不觉中隐隐感到
内心的某种小小可耻

延续生命的灯

——致第四届全国孝老爱亲道德模范奖获得者许张氏

她，一个伟大的母亲
一个出生在旧社会的苦命人
她，一个至死都没有名字的安徽女性
四十余年用“慈母之心，无声大爱”
书写着一个伟大的母爱的人
她，一个九十多岁的老人，用几十年如一日的关爱
延续儿子生命的灯

今天，当我看到那些记录她的文字
我的双眼已经开始湿润
我分明看到她在亳州谯城一个城乡结合部
劳作的身影

1916年，她出生在一生都不曾走出去的亳州
十七岁，这位初春的少女走进一个张户人家
她缠过脚，却有着大脚女人一样坚毅的步伐
她没有名字，父之姓夫之姓
组成她今生的姓名——
许张氏

四十多年，她的身影一直在这里
人民西路，窄窄的一条马路，一个低矮的平房里
二十多平方米的小屋
两张床，一张桌子，几把椅子，一个患病的儿子

这就是她生命的全部
她把自己的今生几乎奉献给了这个清贫如洗的家

许全意，她的二儿子
1970 年生人，十七岁便成为她今生永远的痛
之后，她生活的全部都围绕着这个患病的儿子
喂饭、喂药、洗澡、端便盆……
成为她今生不可或缺的活

她用乡亲送来的旧衣服为儿子缝补成一片片爱
她把许多人的关心变成取之不尽用之不竭的力
她把自己的腰成年累月累成一张弯弯的弓
她用这张弓射掉苦涩的泪，射掉今生的愁
她把辛劳、困苦、艰辛、日积月累
慢慢地绘就在自己沟沟壑壑的额上
她把自己要说的话刻在四十多年劳作的手上
她在大爱的同时将至亲传向四方

她认为惰为衰之源败之根
所以她的小屋没有一丝异味
她说勤能延续生命能使家更为持久
所以，儿子四十多年身上没有一处褥疮
她说爱是家之魂
所以，她用毕生的爱浇灌着这个永远的家
所以几十年儿子的生命得以延续
所以 1990 年她的丈夫归西之后这个家继续前行

许张氏，今天我要把她歌唱
我歌唱她对生的感激之情

她曾经历旧社会，经历新中国的诞生
她曾经历过十年浩劫，经历了这三十多年的开放
所以她逢人总是说着感激的话
她感激党、感激政府、感激一切生命之源
我相信这些发自肺腑之言都是真切的
因为她的行动已经向我们做出明示

许张氏，今天我还要把她歌唱
我歌唱她的刚毅
她把自己的劳作汇成生命的绿洲
她知道不受他人之惠，不受嗟来之食
所以别人赐予她的钱物她都一律婉拒
她不要政府的救济，不许子女接受他人的资助
她更不许其他子女因为帮助而影响自己的家庭和工作
她身上所特有的气质叫我万分崇敬

许张氏，今天我更要把她歌唱
我要歌唱在物欲横流、人情冷淡
等要卡拿、利己私欲无不充斥人们大脑的顽疾下
她却与这些丑陋龌龊完全分开

她分开了许多人的小
她分开了许多人的窄
她分开了许多人的脏
她更分开了许多人日思夜想的小伎俩
她把上千年的华夏之美
她把上千年的中华之魂
她把我们这个民族的伟大之根
无限传承

许张氏，我还要再一次把她歌唱
我期望“大风起兮云飞扬”
我期望改革正酣美东方

许张氏，一个最美的老人
我似乎看到由她而纷长出的大爱
如雨后春笋一般健康成长

英雄啊，一路走好！

2010 年 1 月 27 日，青年农民工冯军政和大学生黄船钉在宝鸡引渭渠代家湾段勇救一名落水儿童不幸牺牲，写诗记之。

今天，当我站在狭长如龙的引渭渠边
看着绿莹莹的渭河之水匆匆而过
或者披上暖洋洋的春光
和家人一起在水边散步
我怎么也不会想到
这清净可濯我缨的引渭之水
能与英雄的名字连在一起

公元 2010 年 1 月 27 日
这个被宝鸡人铭记的日子
冯军政、黄船钉两位龙的子孙
自此挥就了他们辉煌的人生

那天，我隐隐地看到
寒风萧萧，冷气逼人
在引渭渠代家湾段
一个五岁的男孩像一棵脱离泥土的小草
在寒风中哭喊挣扎
小小的生命一次又一次
被推上浪尖又急剧落下
危难关头就是他们——

冯军政、黄船钉和景华驾校的英雄团体们
临危不惧，奋不顾身，以男子汉的勇气和热血
让这棵即将消逝的小草重获新生
那一刻，我看到舍生忘死的崇高品质
被生命之光一次次放大

黄船钉——
一个饮着渭河水长大的西秦儿子
一个沈阳理工大学的大三学生
一个年方二十一岁的宝鸡学子
一个风华正茂的激情青年
冯军政——
一名来自乾县关头乡的农民
或者叫一个从事货运的城市农民工
一条被三十三个春秋书写出平凡人生的汉子
就是他们以普通人的勇敢、胆识
在西秦大地树起英雄的丰碑!

是的，百折不挠的英雄丰碑
我想，就是这块丰碑
使我想到生活中必须得有这样一个支点
这个支点就是信念，就是一个心系社会的精神家园

而那时，落水儿童命在旦夕
我敢肯定，他们没有想到这些——
没有想到死，没有想到刺骨的河水
没有想到自己即将远去的背影
没有想到同学校友兄弟姐妹
为他们设立的“追思堂”

没有想到半岁的孩子
无助的妻子和年迈的父母
没有想到一连串的称号和数以万计的
为他们送行的父老乡亲满含热泪

当然，今天当英雄归去两个月的春天
我再一次想到他们
想到良知
想到传承了五千多年的中华之魂
想到前赴后继、互帮互助的崇高品质
想到“5·12”中国悲恸，民族大爱
想到灾难、大旱、冰雪
想到挺身而出
想到真善美，想到伟大、理想胸怀
想到一个个活生生的人之哲学
想到两个英雄为我们树起的精神标杆
想到泥沙俱下、鱼目混珠
想到树，站在地平线上正直的风景
想到鹰，用生命的壮歌
镌刻天空新的高度
想到煤，用鲜活的生命
温暖我们的心灵，照亮时代的印记……

想到英雄——冯军政、黄船钉
请你们一路走好
想到还要记住的几个名字——
何宝军、王振海、刘智堂、李中林、王芳……
请你们平安、快乐、幸福安康
英雄啊，一路走好！

后记

从去年10月，利用业余时间我断断续续开始整理这六年的诗作，到今年3月初基本完成，时间持续了近半年之久。在这近半年的时间里，我越发感觉到这六年的作品里写家乡、写秦岭、写三秦大地的文字占了不少篇幅。如果把这些作品作为一辑放在这六年的选集中是多了些，对于我要表述的对故乡的深情会显得微不足道，所以编选一本书写故土、书写生我养我的秦岭山脉、书写陕西的念想就从此而生。

今年3月中旬，宝鸡市职工文联作家协会主席白麟倡议要编辑出版一套《阵地诗丛》。作为《阵地》诗报的元老，这个想法正合我意！顺其自然，我把这些作品汇集成册单独出版，一是表达对家乡西秦故土的一种眷念，另一方面也是对家乡陕西多年来的养育之恩的一种回报。作为一个地地道道的陕西人，我能够做到，也必须做到！

在这本诗集下发印刷厂编排的过程中，由于内容不足七个印张，按照编委会要求，我又从编辑好的另一本诗集中选过来一些不算诗作的诗作，即本书中的第四卷和第五卷，这些作品的风格与这本书不大相同，但是“她们”毕竟是自己的“孩子”，我希望这些探索与实践对我的写作能带来益处。

写这个后记还有另一层意思，在我出版的前两部诗集中，一直没有提到这些年对我帮助和支持的各位老师和朋友，这让我这些年内心有种歉疚。在这本书即将付梓之际，我要对他们表示诚挚的谢意。他们是我省书画家王尊农老师，漫画家赵炜老师，作家、书法家赵熙老师，诗人商子秦老师，诗人、书法家、陕西文学院院长王维亚老师，甘肃诗人、评论家、“秦岭——中国父亲山”的首倡者王若冰老师，吉林诗人张洪波老师，辽宁诗人颜梅玖友，广东批评家冯楚兄，我的恩师——宝鸡老诗人马怀白，在我的文学道路上二十多年来与我“浴血奋战”的老挚友白麟、马召平、龙飞，我的文学启蒙老师、我的初中同学、北京化工大学附中教师冯天林，我的老同学徐甲来，近三十年一直对我的创作鼓励和支持的宪政社会主义思想研究专家华炳啸同志以及为这本诗集的出版做出辛勤劳作的我市散文作家杨萍、《宝鸡日报》记者编辑董建敏……

在此，我要深深地感谢他们！感谢文学！感谢今生让我铭记的一切美好事物！

作者

2016年8月15日于静心斋

让诗为我们留下今生的证词

◎ 白麟

《诗经》源头、《周礼》风雅——我想这句话或许最能表达一个本土写作者对宝鸡这片沃土的敬意和感激!

《诗》云:“周原朊朊,堇荼如饴。”是啊,宝鸡是周秦文化的发祥地,素有炎帝故里、青铜之乡、东方佛都、文明之邦的美誉。七千年前的北首岭遗址,让我们回望先人的原始简朴;三千年前的木铎之声,又帮我们吟唱那浸满民间烟火的古风谣曲;而八十年前陇海铁路的一溜汽笛,则拉开了这座城池现代工业的序幕;当年古丝路西行的第一大驿站,如今又变成“一带一路”的重要节点……

毋庸置疑,这块皇天后土是哺育华夏文明的摇篮,是生长史诗的圣地。《诗经》《周易》《周礼》等中华传统经典均诞生于此;这里出土的“中华第一古物”石鼓文是我国最早的石刻文字,也是现存“原汁原味”最古老的诗歌;扶风才女苏惠(苏若兰)的织锦回文诗《璇玑图》,竟令女皇武则天为之作序称叹;苏轼初仕凤翔,任上有二百多篇(首)作品问世,留给这方热土的赞美诗就有三十二首;陆游在宝鸡大散关抗金九年,留下“铁马秋风大散关”的千古绝唱。更别说汉时曹操、班固、刘彻、曹植,唐有杜甫、李白、王勃、岑参、韩愈、李商隐、白居易、卢照邻、皮日休、高适、王之涣……多少过境或流寓至此的文人雅士吟诗歌赋,不胜枚举,宝鸡也因之被誉为“唐诗的西海岸”!

值得一提的是,自中国新诗诞生以来,这块热土依然偏爱文人骚客的雪泥鸿爪，茅盾、老舍、梁实秋、王亚平、索开等人的串串足印，仿若渭河上曾经的点点白帆……名噪一时的抗战诗人侯唯动是本土诗人的代表，其代表作《斗争就有胜利》等在中国诗坛上产生过广泛影响；“文化大革命”后期“七月派”诗人胡征、老八路诗人魏钢焰等诗家也曾流放这里，再次点燃宝鸡诗歌的火种。新时期以来古陈仓诗潮奔流，已然成为西部诗歌的急先锋，被新边塞诗人杨牧誉为陕西的“石河子”（诗城），在西部诗坛享有独特的地位和荣誉。

薪火相传，文脉接承。《诗经》是中国第一部诗歌总集，代表了古诗吟唱时代的群言；而1984年面世的“长安诗家”（一套十本，陕西诗人）、1985年推出的“中国当代青年诗人丛书”（一套十本，全国诗人）、1986年编印的“秦岭诗丛”（一套十本，宝鸡诗人），这些当年在中国诗坛引发强烈反响的民间诗丛，其实都是从“诗歌窑工”渭水、商子秦等主烧的“宝鸡窑”出炉的，尽管是内部出版，却预示着中国新诗的一次解放，是改革开放后自上而下中国新诗发出的群言；这次我们编辑的《阵地诗丛》囊括十一本个人诗集，也可说是吹响了新世纪宝鸡新诗界的群言。它不仅暗合着这座诗城的使命和延续，似乎也有了某种契合与意味。

十一部诗集的作者从50后到80后，年龄跨度超过30年，可见宝鸡诗歌创作并没有青黄不接。其中50后的陈泯宝刀未老，他的《清唱》激情燃烧；60后占半壁江山，范宗科的《秋天最末的忧郁》、武岐省的《行吟》、荒原子的《时光书》、牟小兵的《文字长成山川》、白麟的《在梦里飞翔》。他们稳扎稳打、厚积薄发，其中三位作者都是写作几十年了才第一次出版自己的诗集，敝帚自珍可想而知；70后秦舟的《关中吟》、柏相的《早安，首善街》、魏娜的《低语》、王金辉的《岁月顾自流淌》，他们属于实力派，状态可嘉；80后庄波的《一只在城里奔跑的小蚂蚁》，则让我们看到了希望。当然，我们期待会有更多的80后、90后、00后如雨后春笋脱颖而出，为这座诗城再添活力、再展锦绣！

之所以叫《阵地诗丛》,缘于2000年我和青年诗人马召平、秦舟发起创办的《阵地诗报》。这份诗报后由延安时期老诗人贺敬之题写报名，十五年来已出版三十期，在全国民间诗报诗刊中占有一席之地。这次由宁夏人民出版社出版的《阵地诗丛》，得感谢西部著名女诗人唐晴的成全，当然也感谢信任我而响应加盟的各位诗友，他们是当下宝鸡本土的中青年优秀诗人的代表。

今年是中国新诗诞生一百周年，我们有意在这个年份集结出征、坚守“阵地”，也是想对本土新诗创作来一次提振和展示，也是对《诗经》之乡和新诗百年最好的纪念与礼赞。

百年沧桑，世事皆空。光阴兵不血刃地湮灭了一茬又一茬人，而秦岭、渭河依然生死相依、山高水长，白云苍狗依旧我行我素、变化无常！一个渺小的人如何让自己的呼吸尽可能地长存于世，让后人看到自己的人生心迹？我想对文人而言，最实在的莫过于留下诗文了。人到中年，明知上天给予的时光不是太多，用诗歌的方式镌刻生命的轨迹，给自己留下到今生今世“来游来歌”的证词，又何尝不是一种欣慰呢！仅此，我亦感动不已。

从“文化大革命”结束的1976年算起，到今年整整四十年了。四十年来，无论新诗如何纵横流变，诗人如何才华四溢，但亲情、乡情、爱情、友情这些真情最终化作一簿簿诗情，怎不教人热泪盈眶！

此刻，一抬头就能看见秦岭的山影似波浪踊跃，渭水的波浪又似春秋大笔描画着人间的梦境……而这些，不正是我们依然爱着写作的诗人们要寻找的跳跃和胸襟吗？

2016年8月25日